KB068550

당연한 것을
당연하지 않게

당연한 것을

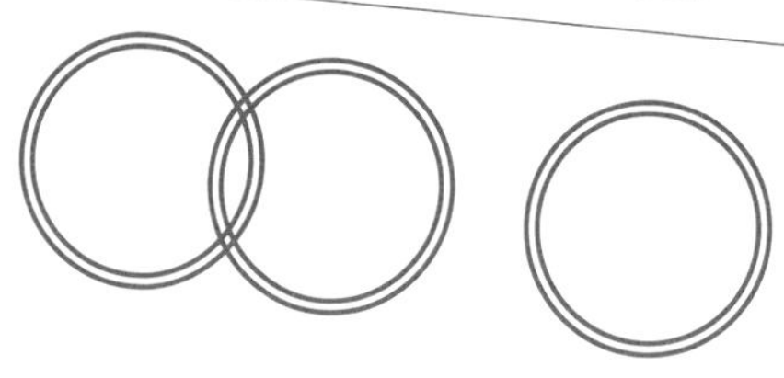

허휘수 지음

당연하지 않게

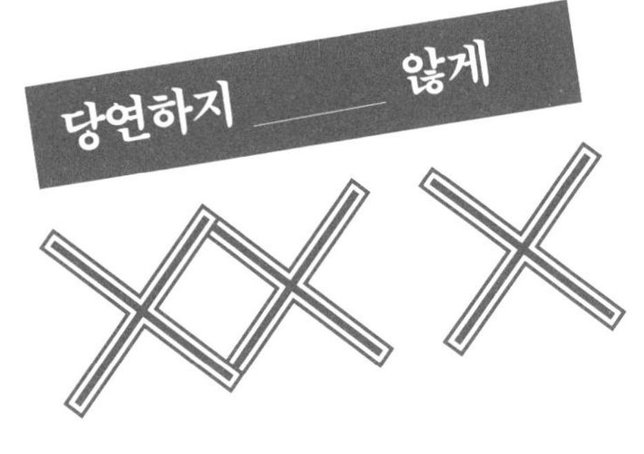

유별난 여성이 아니라 온전한 내가 되기까지

RHK
알에이치코리아

추천사

책 제목을 보자마자 허휘수답다고 생각했다. 그는 늘 유쾌하고 용감하게 세상의 틀을 벗어나 새로운 길을 찾아내는 사람이니까. 하지만 책을 읽고 그가 진짜 눈부신 지점은 당연한 것을 당연하지 않게 여김으로써 당연하지 않은 것을 당연하게 만드는 데에 있다는 걸 새삼 깨달았다. 앞세대 여성들이 세상과 싸운 끝에 늘려놓은 '당연'의 목록을 동료들과 함께 더 길게 써나가는 사람. 여성을 가로막는 틀에 균열을 내는 사람. 뜨거운 마음으로 책을 덮고 나면 그가 디딤돌처럼 펼쳐놓은 '당연'을 딛고 그다음 돌을 함께 놓고 싶어진다. 용기가 솟는 책이다.

김혼비(작가)

이 책을 읽고 나면 당신은 이 책을 쓴 작가이자 소그노 대표이며 댄서에다가 사장까지 역임 중인 허휘수를 만나 '최적의 때에 비싸고 맛있는 술'을 마시고 싶어질 것이다. 지금 내가 그러고 싶어서 발을 동동 구르고 있으므로 아주 자신 있게 말할 수 있다. 모두에게 일잔을, 아니 일독을 권한다.

원도(작가)

쉴 틈 없이 살아온 내 친구의 지난날을 천천히 걸어본다. 공백 없는 일기장 어딘가에서 내가 함께 숨 쉬었다는 사실이 기쁘다. 언제나 나의 자랑인 허휘수가 고스란히 담긴 이 책을, 앞으로 함께 걸어갈 여성에게 건네고 싶다.

김은하(유튜브 〈소그노〉 운영자)

한 사람의 인생을 들여다보는 건 썩 유쾌하지 않은 일이다. 그렇지 않아도 각박한 삶에 비교 대상이 하나 더 추가되는 기분이라 좋아하지 않는다. 그러나 장담하건대 허휘수 인생 이야기는 들어볼 만하다. 읽다 보면 '누가 내 얘기 하냐' 하다가 '이 사람 진짜 범상치 않다' 하게 된다. 마지막 책장을 덮을 땐 비교 대상이 아닌 오늘을 함께 살아갈 동료를 얻은 기분일 거다. '이게 왜 당연한 거야?'라는 의문을 가진 모든 여성에게 추천한다. 물론 '어떻게 허휘수는 이름도 허휘수야!'라는 감상을 막을 순 없다.

송채림(유튜브 〈소그노〉 운영자)

자신의 '진정한' 관심사를 찾아야 한다는 생각에 사로잡혀 새로운 것을 시도하기 힘들 때가 있다. 그런 이들에게 전하는, 흔치 않은 스물아홉 살 열정맨의 이야기.

권현지(유튜브 〈소그노〉 운영자)

저자는 의미 없는 묘사를 늘어놓는 대신 지독히도 솔직하게 사실만을 이야기한다. 어려운 말로 꾸미지도 않는다. 그만큼 쉽게 읽히지만 가볍지는 않다. 진심을 담아 적었기 때문에.

김현주(유튜브 〈소그노〉 운영자)

활자로 전하기 힘든 영역이 있다. 저자는 그녀만의 답을 내놓는다. 작필의 미니멀리즘을 택한다. 현명하다. 에세이가 전할 수 있는 모든 장점을 탑재해 진심을 전한다. 시간이 지나며 변하는 모든 겨울에게 미리 데워둔 핫 팩을 전하는, 이 따뜻한 마음이 모두에게 닿기를!

이혜지(유튜브 〈소그노〉 운영자)

여중, 여고에는 '그 언니' 하면 떠오르는 사람이 있다. 춤도 잘 추고 공부도 잘하는 잘생긴 학생회장 언니는 십 년도 더 지난 지금도 춤을 추고, 석사 수료를 하고, 두 개의 대표 타이틀을 달고 있다. 그는 일과 사람을 진심으로 대하며, 주변에 멋진 사람을 끌어들일 줄도 안다. 허휘수는 여전히 멋있는 '그 언니'다.

오지혜(유튜브 〈소그노〉 운영자)

그의 시간은 단 한순간도 허투루 흐르지 않았다.

강민지(유튜브 〈하말넘많〉 운영자)

솔직하고 꾸밈없는 그의 글에서 맹렬히 타오르는 시간의 움직임을 느낀다. 이 에너지의 총량이 꾸준히 쌓인 허휘수의 십 년 뒤, 이십 년 뒤가 진심으로 궁금해지는 글이다. 그의 미래를 기다리기 시작했다.

서솔(유튜브 〈하말넘많〉 운영자)

허휘수가 세상에 첫 씨앗을 심었다. 우람한 나무로 키워내 그 아래 많은 사람들이 쉬어가길 기대한다. 가끔 우리는, "씨앗은 먹다가 뱉으라고 있는 거예요. 물고기 뼈도 그렇잖아요?"라고 말하던 피터 팬 허휘수를 그리워할 것이다.

박혜영(『비밀정원』 작가)

차 례

2장

일 벌이는 것도 버릇이야

3장

춤을 추듯 살고 싶어서

4장

무럭무럭 자라는 사람이 되자

재미를 좇는 자

누군가에게 나는 '놀 줄도 모르는 정말 재미없는 사람'처럼 보일 것이다. 일상의 대부분을 일하면서 보내기 때문에, '워커홀릭'이라는 상투적인 별명이 꽤 어울린다고 생각할 것이다. 재미없게 산다는 오명을 벗기 위해 나의 재미에 대해 이야기하고 싶다.

사실 나는 항상 '재미있는 일'을 하고 있다. 재미가 없어지는 순간, 그 일을 하는 의미도 잃어버린다. 그렇기 때문에 일을 하는 데 있어, 재미는 중요한 요소이다. 여기서 재미는 재미amusement만 뜻하는 것은 아니다. 나의 재미는 사회적 의미를 추구하는 것이 될 수도 있고 그저 오락적 의미만 추구할 수도 있다. 내 심장을 때리는 모든 일에 재미를 느낀다. 그래서 나는 '재미있다'는 말을 '내 마음을 움직인다'는 말과 동의어로 사용한다.

여자의 마음은 갈대라고 하지만 내 마음은 마치 민들레 씨앗이라고 할 수 있다. 재미있어 보이는 일이 많아 마음이 민들레 씨앗처럼 자주 허공을 떠다닌다. 하지만 민들레 씨앗은 한번 뿌리를 내리면 비옥하지 않은 땅일지라도 반드시 꽃을 피우는 근성을 가졌다. 나 역시 뿌리를 내리고 꽃을 피울 수 있도록 근성을 바탕으로 일을 열심히 하고 있다.

나는 댄서이자, 유튜버이고, 미디어 기업 대표이며, 스튜디오 포비피엠의 공동 창업자이기도 하다. 단지 재미있겠다는 생각 하나로 시작한 일들이었는데, 지금은 내가 선택한 일에 책임을 지고자 바쁘게 살고 있는 중이다. 모든 일을 완벽히 해내는 사람이라고 말할 수 있다면 좋겠지만, 실수도 많이 저지르고 복잡한 생각에 휩싸이기도 하는 보통의 사람이다.

자주 하는 말이 있다. "저는 성장캐이니 지켜봐 주세요." 책을 쓰는 동안에 내가 '성장캐'가 맞다는 사실을 확인했다. 초고를 쓴 당시와 마감을 앞둔 시기의 생각이 달라져 원고 수정을 거듭한 것이다. 불과 수개월 사이에 가치관과 생각이 변했다. 오랜 시간이 지나고 나면 나의 가치관과 생각은 더욱 성장해 있을 것이라 믿는다.

처음 책을 쓰기로 마음먹었을 때는 무슨 이야기를 써야 할지 도무지 감이 안 왔다. 책을 쓰는 동안에도 나의 이야기가 과연 독자의 마음에 닿을 수 있을지 걱정되었다. 하지만 프롤로그를 쓰고 있는 지금, 세상에 이런 이야기도 하나쯤 있어도 괜찮을 것이라는 생각이 든다.

『당연한 것을 당연하지 않게』에 담겨 있는 나의 경험과 감정에 공감하거나, 무턱대고 일을 벌이는 나의 무모함에 신선함을 느낄 수도 있다. 나와 개그 코드가 잘 맞으면 피식하고 실소를 터뜨릴 수도 있다. 심장을 때리는 책이 되길 바라면서도 이 책을 읽는 독자가 편안하길 바란다. 당신과 함께 살아가는 친구, 동료, 자매로서 말하고 싶다.

"우리 부디 재미있는 일을 하면서 잘 먹고 잘 삽시다."

1장

나로 말할 것 같으면

많은 관심 부탁드립니다

나댄다는 소리를 대놓고 듣기는 싫어서 눈치를 보며 나서는 스타일이었다. 남에게 주목받고 싶어 한다는 사실을 들키는 것이 부끄러웠다. 미리 고백하자면, 나는 나대는 사람이다. 사람들은 이를 '관종'이라고 부르기도 한다. 관심 종자. 잘못한 일도 없는데 이 말을 들으면 괜히 위축된다. "관종이면 어때서, 나 관종인데 그게 왜?"라고 말할 용기가 없어서, 나대지 않는 척하고 관종이 아닌 척하며 살았다. 하지만 나는 주목받는 것을 좋아한다.

언론사 인터뷰에서 있었던 일이다.

"삶의 목표가 있으신가요?"

"온 세상이 저를 주목했으면 좋겠습니다."

아마 몇 년 전이었다면 입 밖으로 꺼내지 않았을 말이지만, 지금은 이런 내가 스스로 부끄럽지 않기 때문에 당당하게 이야기할 수 있었다.

가수나 배우가 되겠다는 식의 구체적인 꿈을 가졌던 것은 아니지만, 늘 주목받는 상황을 즐겼고 형체가 없는 명예를 좇았다.

미취학 아동이었을 때 장난감 기타를 들고 동네 슈퍼마켓과 쌀집을 돌아다니며 순회공연을 펼치기도 했다. 어른들은 영화 「사운드 오브 뮤직The Sound of Music」의 OST인 「에델바이스Edelweiss」를 부르는 나를 귀여워했고 애정 어린 박수도 보내주었다. 중학교 일 학년이었을 때는 언젠가 꼭 필요할 것이라는 확신에 차서 사인을 만들었다. 국어 수업 시간에 옆에 앉아 있는 짝꿍에게 사인의 의미를 설명하다가, 선생님에게 혼났고 나는 교실 뒤에서 손을 들고 서 있어야 했다. 지금 생각해도 민망한 일이다. 하지만 그때 만든 사인을 아직도 사용하고 있다. 철저하게 준비를 한 예비 유명인이었다고나 할까.

시간이 흘러 어른이 되었으니 조금 더 구체적인 꿈을 가질 법한데, 여전히 어떤 직업을 가져야 할지 정하지 않은 상태이다. 당장 직업을 하나로 정할 계획도 없다. 단지 내가 가지고 있는 능력을 발휘하고 이에 대해서 인정받고 싶을 뿐이다.

예비 유명인으로서 항상 미래의 구설수를 걱정하며 처신에 신경 썼다. 예의 바르게 행동할 것, 빌린 돈은 꼭 갚을 것, 술과 담배는 해도 마약이나 도박은 절대 하지 않을 것, 엉망진창인 논문을 쓰더라도 절대 다른 논문을 표절하지 않을 것…. 너무 당연한 내용이기도 하지만, 나름대로 원칙을 세웠고 이를 지키고자 노력했다. 쓰고 나니 어이가 없는데 모든 원칙은 진심을 다해 정한 것이었다.

친구에게 무슨 일이 있어도 마약을 하지 않을 것이라는 말을 했다가, 황당한 눈빛과 "여기는 한국인데?"라는 대답이 돌아온 적도 있다. 그럼에도 구설에 오르는 유명 인사를 보면서 원칙을 계속 늘려나갔다. 유명해지고 싶다는 생각이 바르게 살도록 만들었다. 일종의 미담을 생성하며 올바른 처신을 하는 것이 삶의 방식으로 자리 잡았다.

그러니까 나의 커리어는 유명인이 되기 위한 여정이라

고 볼 수 있다. 공통점이 보이지 않는 이력들을 하나로 관통하는 키워드는 '더 유명한 나 만들기'이다. 공연이든지 방송이든지 간에, 콘텐츠를 제작하기 위해서는 무대에 오르는 사람이 있어야 하고 무대를 만드는 사람도 필요할 것이다. 나는 무대에 오르고 싶어서 무대를 만드는 사람이다. 행사를 주최할 때는 내가 안무를 짜고 디렉팅을 담당한 공연을 포함시켰으며, 강연을 준비할 때는 굳이 연사를 소개하는 코너를 만들어 내가 연단에 올랐다. 일곱 명의 여성으로 이루어진 여성 미디어 기업이자 유튜브 채널인 '소그노'에서 처음 기획한 콘텐츠도 내가 주인공으로 나오는 「휘슬쇼」였다.

그저 이름만 알려진 유명인이 아닌 명예로운 유명인이 되고 싶다. 일단 유명해진 다음 똥을 싸지르겠다는 말은 절대 아니다. 나는 부단히 노력하는 관종이기 때문에, 나의 가치를 높이는 데 집중한다. 돈과 명예 중 하나만 골라야 한다면 주저하지 않고 명예를 선택할 것이다. 목에 칼이 들어와도 불명예스러운 일은 싫다. 유명해지고 싶다는 막연한 바람은 결코 막연하게 살겠다는 의미가 아니다. 이 같은 모호한 목표가 뚜렷한 방향을 향해 나아가게 만드는 원동

력이 되기도 한다. 앞으로도 건전한 이슈를 만들기 위해 애쓰면서 살아갈 것이다.

○ **영부인 말고 대통령**

중학교 이 학년 때 학생회장 선거에 출마하기로 결심했다. 후보 등록을 하기 위해 교무실에 갔는데, 선생님은 내가 여자라는 이유로 회장직이 아닌 부회장직에 나가기를 권유하셨다. 부회장직은 후보자가 없으므로 후보 등록을 하기만 하면 무투표 당선이 가능하다는 말도 덧붙이셨다.

단번에 거절했다. 상대 후보는 남학생 한 명이었는데, 왜 나만 이러한 회유를 받아야 하는지 이해할 수 없었다. 나는 회장 선거에 나갔고 결과는 낙선이었다. 부회장을 맡아보겠냐는 마지막 제안까지 거절했다. 회장이 아니라서 거절한 것이 아니었다. 처음부터 내 자리를 부회장으로 점찍어 둔 것 같았고, 이를 받아들일 수 없었기 때문이었다.

지금은 유권자로 남고 싶지만, 고등학교를 다닐 때까지만 해도 나는 정말 대통령이 되고 싶었다. 늘 감투를 욕심내는 사람으로서 감투의 '끝판왕'이라고 할 수 있는 대통령이 되겠다는 꿈은 나름 자연스러운 것이었다. 누군가가 장래 희망을 물어보면, 농담과 진담을 반씩 섞어 대통령이라고 대답했다.

어느 날 할머니가 나의 장래 희망을 물어보셨고, 여느 때처럼 대통령이 될 것이라고 대답했다. 그때 할머니의 말씀이 아직까지 잊히지 않는다.

"여자는 영부인을 해야지. 영부인이 제일이야."

평소보다 더 진심을 담아 장래 희망을 밝혔는데, 조금의 망설임도 없는 할머니의 말씀으로 인해 가슴이 답답해졌다. 내가 앙겔라 메르켈 독일 총리의 사례를 설명하며, 이제는 여성도 대통령이 될 수 있는 세상이라는 말을 하는 것으로 대화는 마무리되었다. 나는 대통령이 되고 싶은 것이지, 영부인은 하기 싫은데….

할머니는 고등학교 학생회장인 데다가 매사에 적극적인 손녀를 자랑스러워하셨다. 내가 훌륭한 사람이 될 것이라고 칭찬하셨고, 어디에서든 기죽지 말라며 용기를 주셨다. 동시에 주말에 자고 있는 나를 깨우시며 놀러 나가는 남동생의 식사를 차려주라고 말하시는 분이기도 했다. 나를 진심으로 응원하셨지만, '영부인'이 되길 응원하신 것이다.

여고와 여대를 거쳐 동 대학원까지 졸업했으니, 나는 십년 이상 여성만 모여 있는 곳에서 교육을 받은 셈이다. 가장 큰 장점은 여성이라는 이유로 나서지 못하거나 제외되는 경우가 발생하지 않는다는 것이다. 구성원이 모두 여성이므로 성별은 고려 대상이 아니다. 그러므로 여성이 리더가 되는 상황이 자연스럽다. 또 체육 대회나 엠티 등 각종 행사에 필요한 준비를 비롯한 모든 업무를 여성이 주도하게 된다. 덕분에 나는 여러 가지 경험을 통해 능력을 키울 수 있었고 자아실현을 하는 데 집중할 수 있었다.

아주 어렸을 때부터 '여자니까, 여자라서' 등의 말이 굉장히 불편했다. 학창 시절을 공학에서 보냈다면 아마 화병이 들고 말았을 것이다. 앞장서거나 능력을 과시하는 여성은 쉽게 공격의 대상이 되기 때문에, 술자리 안주로 씹기 좋은 노가리 같은 존재가 되었을지도 모른다.

자신이 여성 리더가 되거나 혹은 여성이 리더인 집단에 속하는 경험을 해보는 것이 중요하다고 생각한다. 여성을 위한 미디어 기업을 운영하고 있는 덕분에 나는 여성 리더를 자주 접하지만, 여성 리더는 절대적으로 너무 적다. 이는 능력의 차이로 인한 현상이 아니라고 단언할 수 있다. 단지 여성이기 때문에 리더가 될 수 있는 기회가 적게 주어진 것이다.

리더가 되는 것을 제지받았던 경험이 쌓인 여성들은 위축될 수밖에 없었다. 그래서 뛰어난 능력을 가진 사람만 앞에 나설 수 있다는 분위기가 만연해 있었다. 이는 유독 여성에게만 강요되는 불공정한 잣대였다. 대단히 잘해야만 리더가 될 수 있는 분위기와 부족한 부분이 있더라도 리더가 될 수 있는 분위기는 다르다. 그러므로 여성에게도 동일한 기회와 기준이 주어져야 한다. 더 많은 여성이 리더의 역할을 경험하고 능력을 발휘할 수 있길 바란다. 이를 위해 과감하게 선두에 설 수 있는 자신감이 필요할 것이다.

결혼식 대신 행사

결혼을 안 하고 서른 살이 넘으면 큰일 나는 줄 알았다. 이십 대 후반이 된 사촌 언니에게 '노처녀'가 다 되었다고 놀리던 가족들의 모습이 아직도 생생하게 기억난다. 지금 내 나이보다 어린 나이였는데 말이다. 결혼을 하지 않은 삼십 대 여성에게 '노처녀 히스테리'를 부린다는 폄하의 말을 아주 쉽게 하던 시절도 있었다.

결혼하기는 싫었지만, 결혼하지 않은 여성의 모습을 상상하는 것은 어려웠다. 또 노처녀가 되는 것도 왠지 모르게 싫었다.

처음 '비혼'이라는 단어를 들었을 때 쾌재를 불렀다. 이렇게 적절한 단어가 있다니! 미혼, 노처녀, 올드미스 같은 불편한 단어들만 즐비했는데 속이 뻥 뚫리는 기분이었다. 각계각층의 비혼 여성을 보며 미래를 상상했다. 결혼을 하지 않은 사람은 이전에도 많았지만, 결혼을 하지 못한 채 나이가 들어버린 집단으로 뭉뚱그려 분류되었기 때문에 이들의 삶을 제대로 들여다볼 기회가 없었다. 혼자서도 잘 살아갈 수 있는 여성이 '좋은 남성'을 찾는 일에 몰두했던 이유는 사회적 낙인의 영향이 크게 작용했을 것이다.

미디어에서 나이 든 여성은 돈과 능력이 있어도 고작 골드 미스로 그려지기 일쑤였다. 특히 드라마 속 유능한 여주인공은 화려한 옷과 장신구를 사고 미모를 가꾸는 데 아낌없이 투자하는 캐릭터로 등장했고, 결국에는 동화 같은 로맨스를 기다리는 내용으로 전개되었다. 그리고 우여곡절 끝에 짝을 찾아 행복하게 살았다는 엔딩으로 끝났다. 성공한 여성이 자신의 커리어를 포기하고 사랑을 선택하는 드라마나 영화 줄거리를 얼마나 자주 접했던가. 일일이 말하기도 입이 아플 정도로 많다. 비단 '영화 같은 일'이 아니라 현실도 별반 다르지 않는 점이 안타깝다.

비혼이나 비혼주의자라는 단어는 이미 보편화되었지만 막상 주위를 둘러보면 비혼주의자가 많지 않다. 나도 나이가 들수록 결혼식에 참석하는 횟수가 늘어나고 있다. 조사에는 제일 먼저 가고 경사에는 제일 늦게 간다는 생각으로, 안 갈 수 있는 결혼식은 최대한 안 간다. 그래도 반드시 가야 할 경우가 생기기 마련이다. 결혼식에 참석할 때마다 친밀도 혹은 사회적 관계를 가늠해 축의금의 액수를 결정하는 과정은 꽤 곤욕스럽다.

앞으로는 더 많은 결혼식에 가야 할 테니 대비책이 필요하다. 비혼주의자의 고민거리 중 하나는 그동안 냈던 축의금을 어떻게 돌려받을 수 있냐는 것이다. 축하하는 마음을 담아서 낸 돈이기는 하지만 보답받고 싶다는 마음이 생긴다. 결혼식을 '비즈니스 현장'이라고 칭하기도 하니, 축의금은 꽤 첨예한 문제인 것 같다.

결혼식에는 주인공(신랑과 신부)과 사회자(결혼식 사회자와 주례자)가 있고 관객(하객)도 있다. 또 퍼포먼스(행진부터 선서, 단체 사진 촬영까지)도 펼쳐지고 사진 전시회(웨딩 사진)와 공연(축가)도 진행되므로 복합 문화 행사라고 볼 수 있다. 축의금은 입장료인 셈이다. 결혼식을 준비하는 과정은 내가 공연이나 행사를 기획하고 준비하는 과정과 다르지 않다는 생각이 들었다.

비혼을 선언하는 사람들이 점차 늘고 있으며, 이들을 위한 비혼식을 대신 준비해 주는 업체도 등장했다. 나는 주변에 있는 비혼주의자들에게 자신의 인생을 축복하기 위한 문화 행사 형태의 비혼식을 권유한다.

직접 비혼식을 진행하기에는 부담스러운 부분이 존재한다는 사실을 알고 있다. 하지만 거창하게 생각하지 말고, 나를 위한 또 나에게 맞는 행사를 고안하다 보면 조금 더 재미있게 비혼식에 접근할 수 있을 것이다. 인생에서 한 번쯤 스스로 주인공이 되는 행사를 만드는 경험을 해보는 것도 나쁘지 않으니까. 게다가 그동안 냈던 축의금을 입장료로 돌려받을 수도 있다.

나의 비혼식은 '올나이트 댄스파티'로 기획할 예정이다. 입장 퍼포먼스 음악은 「어나더 데이 오브 선Another Day of Sun」, 퇴장 퍼포먼스 음악은 「댄싱 퀸Dancing Queen」으로 장식할 계획이다. 입장 퍼포먼스가 끝나자마자 폭죽이 터지고 합창단이 등장해 「마이 페이버릿 띵스My Favorite Things」를 부른 다음 감사 인사를 전할 것이다.

"안녕하세요. 오늘의 주인공 허휘수입니다. 오늘 먼 곳까지 오시느라 힘드셨겠지만, 참석하신 것을 후회하지 않게 해드리겠습니다. 지루한 순서는 이것으로 끝이니 부디 잘 참아보세요. 앞으로 혼자 살아가겠다는 다짐을 하기 위해 나왔습니다. 제 가정의 가장으로서 저를 고생시키지 않고 아낄 것이며, 힘들 때는 위로를 기쁠 때는 환호를 슬플 때는 진로를 아낌없이 주겠습니다. 비혼 선언을 한다고 해서 세상을 외롭게 살겠다는 의미는 아닙니다. 이곳에 계신 귀빈 여러분과 함께 살아가겠습니다. 감사합니다. 오늘을 즐기세요!"

• 청첩장 •

혼자보다는 둘이 낫다지만, 저는 저 하나면 충분합니다.

제 인생을 힘차게 살아가겠다는 다짐을 하는 날,

당신의 축복을 기다리겠습니다.

못 오시면 마음 대신 돈이라도 보내주세요.

차녀 허휘수

(신한은행 110-000-0000000 예금주 허휘수)

식순

…………………… 입장 퍼포먼스

…………………… 폭죽 점화

…………………… 축가

…………………… 감사 인사

…………………… 축무

…………………… 건배사

…………………… 퇴장 퍼포먼스

…………………… 올나이트 댄스파티

본 행사는 오후 6시부터 익일 오전 6시까지 진행됩니다.

◦ 애가 참 착해

그 유명한 삼 남매 중 둘째 딸인 나는 위로 언니가 있고 아래로 남동생이 있다. 드라마 「응답하라 1988」의 덕선이와 같다. 하지만 나는 덕선이처럼 언니에게 대들 깡이 없었고 동생을 괜히 미워하지도 않았다.

덕선이는 생일이 언니와 같은 달에 있다는 이유로, 매년 생일 파티를 언니의 생일 파티에 '껴서' 했다. 덕선이가 이번에는 생일 파티를 따로 해달라고 말했는데, 가족들이 언니의 생일 파티에 덕선이의 생일 파티를 또 같이 해주는 바람에 서운함이 폭발해 우는 장면이 나왔다. 나도 같이 울었다. 통닭을 먹을 때 덕선이에게는 닭다리가 아니라 늘 날개만 주어지는 탓에 속상해하며 통곡하는 장면도 나왔다. 또 같이 울었다. 전국의 둘째 딸은 덕선이를 보고 다 울었을 것이다.

나는 잘 웃는 아이였고, 싫다는 내색을 드러내지 않는 아이였고, 착한 아이였다. 그래서 줄곧 착하다는 말을 들으며 자랐다. 어른들은 내가 느끼는 섭섭함과 아쉬움을 착하다는 말로 달랬다.

또 내가 아들이길 바랐다는 이야기를 서슴없이 했다. 이 이야기는 둘째가 딸이라서 태어난 날 아무도 산부인과에 오지 않았다는 일화로 시작해서, 제대로 축하받지 못하는 딸이 안쓰러워 없는 살림에 고급 유아용품을 잔뜩 산 어머니와 아버지의 추억이 이어지고, 그 둘이 보여준 딸에 대한 사랑을 찬사하는 것으로 마무리된다. 사실 이러한 말을 귀에 딱지가 앉도록 자주 들을 때마다, 어떤 감정을 느껴야 하는지 헷갈렸다.

'내가 남자로 태어났어야 된다는 자책감이 들어야 하는 걸까?'

'비록 딸이지만 사랑을 베푸는 부모님에게 감사를 표현

해야 할까?'

잘 모르겠다. 확실한 사실은 동생은 내 덕분에 태어났다는 것이다. 이 세상의 많은 막내아들은 둘째 딸 덕분에 태어날 수 있었다. 둘째가 딸이 아니라 아들이었다면 막내아들은 존재하지 않았을지도 모른다.

늘 착하게 굴어야 한다는 강박이 있었다. 이해심과 배려심은 내가 지닌 무기였고 인간관계를 맺을 때 유용한 요소가 되었다. '착한 것 빼면 시체'라고 나 자신을 평가하며 이타적인 행동만 골라서 했다. 하지만 어느 순간 착한 내 모습에 질렸다. 더 이상 착하다는 말을 듣기 싫었다.

아이러니하게도 성악설을 믿는다. 착한 행동과 좋은 생각을 하는 것은 가능하지만 매 순간 착한 행동과 좋은 생각만 하는 것은 불가능한 것으로 보아, 사람은 본디 착하지 않은 존재일 것이다. 그럼에도 불구하고 내 몸에는 친절한 태도가 배어 있다. 대신 이제는 착한 이미지에 부응하기 위해 불필요한 감정을 소비하지 않는다. 착한 이미지를 지키려다 여러 번 큰 상처를 받았기 때문이다.

둘째 딸이라는 이유 하나 때문에 '착한 아이 증후군'이 있었던 것은 아니다. 여성들은 착하게 행동해야 한다는 사회적 강요를 받았고, 그 안에 자신을 가두었다. 부모님을 생각하는 희생적인 딸, 양보하는 입장이 되는 데 익숙한 아내, 모든 이야기를 다 들어주고 보듬는 친구 등 착한 여성에 대한 천편일률적 묘사는 세상에 차고 넘친다. 자신을 위하는 것은 이기적인 것이 아닌데, 유독 여성은 남을 위해야 한다는 강요를 받는다.

호의가 계속되면 권리인 줄 안다는 영화 속 유명한 대사가 생각난다. 사람들은 종종 착한 사람을 만만하게 본다. 흔히 말해 '호구'로 취급한다. 하지만 착한 사람은 본인이 착하다는 평가를 받고 있다는 사실을 안다. 때로는 이를 악용하는 사람이 있다는 사실도 안다.

그럼에도 불구하고, 양보하고 배려하는 것이 오히려 마음 편하기 때문에 모르는 척하는 것뿐이다. 이 같은 사람을 호구로만 보다가는 큰코다칠지도 모른다. 악인보다 더 무서운 사람은 '흑화'한 선인이다. 착한 사람이 돌아서면 더 냉정해진다는 의미이다.

나 역시 좋은 게 좋은 거라는 생각으로 착하게만 살고 싶었다. 하지만 세상에는 가만히 있으니 막 대해도 괜찮은 줄 아는 사람이 많았다. 그래서 변하기로 했고 이제 더 이상 착하게 굴기 위해 참지 않는다. 필요하다면 선녀善女가 아닌 악녀가 되는 것을 주저하지 않는다.

강해지고 싶다

옛날부터 싸움을 잘하고 싶었다. 무림의 고수까지는 아니더라도 능력치를 숨기고 사는 싸움꾼! 다른 사람의 공격으로부터 나 자신을 방어하기 위해 격투를 해내는 모습을 혼자 상상하기도 했다. 어렸을 때 태권도장을 이 년 동안 다닌 것 이외에는 딱히 무술을 배운 적도 없지만, 마음 한쪽에 복싱이나 격투기를 배우고 싶다는 욕망이 늘 있었다.

여성 복싱 선수들을 보면서 내가 링 위에 서 있는 장면을 상상했고, 만화 「더 파이팅」을 보면서 복싱을 향한 로망을 키웠다. 왕따를 당하던 만화의 주인공이 복싱을 배운 다음 복싱 대회까지 출전하는 스토리에 과도하게 몰입했던 기억이 난다. 특히 주인공이 철봉 아래에서 좌우로 왔다 갔다 하며 훈련하는 장면과 훈련의 일환으로 나무를 발로 찬 다음 떨어지는 나뭇잎을 손으로 잡는 장면이 인상 깊었는데, 나는 복싱 꿈나무로서 혼자 운동장에서 주인공을 따라 하며 꿈을 키워나가기도 했다. 사람이 거의 없는 밤이나 주말 오후였기에 망정이지, 지나가는 사람이 보았다면 아마 나를 이상한 아이로 생각했을 것이다.

「더 파이팅」은 기본적으로 복싱 만화이지만 일종의 학원물이다. 액션 학원물의 경우, 주인공은 늘 남성이다. 여성 캐릭터가 등장하기도 하지만, 그저 주인공이 좋아하는 '예쁜' 조연에 그친다. 결정적인 순간에 주인공을 각성시키는 트리거로 등장하는 것이 일반적이다. 종종 클라이맥스에서 악당을 물리치는 한 방을 날리기도 하지만 어디까지나 부수적인 장면에 지나지 않는다.

여성이 무술 고수로 등장하는 설정도 찾아볼 수는 있다. 다만 무술 실력을 조명하더라도 무술을 잘하게 되기까지의 성장 서사는 풀어내지 않는다. 여성 무술 고수가 어떤 훈련을 거쳤는지 보여주는 만화가 거의 없다는 이야기이다. 혹독한 훈련을 거치는 여성을 상상할 수 없는 탓일까.

자극적인 학원물을 자주 보았던 나는 남성은 몇 개월 동안 훈련을 하면 무술의 고수가 될 수 있다고 생각했다. 동시에 여성은 아예 무술 실력을 타고나거나 예뻐야만 위기 상황을 벗어날 수 있는 것인지 의문스러웠다. 나는 마르거나 예쁘지 않았기 때문에, 내 몸은 내가 지켜야 된다는 결론을 내렸다. 최대한 위험한 상황을 피해야 하지만, 혹시라도 피할 수 없는 상황에 맞닥뜨린다면 스스로 해결할 수 있는 방법을 마련하고 싶었다. 그래서 복싱이나 격투기에 관심을 가지게 된 것이다.

성인이 된 후에는 술을 마시다 싸움이 일어날 뻔한 적이 여러 번 있었다. 상대는 언제나 남성이었고, 머리가 짧고 남성복을 즐겨 입는 나를 왜소한 남성이라고 생각해 먼저 싸움을 걸어오는 경우가 대부분이었다. 나는 정말 결백하다! 술에 취한 그들은 눈이 마주쳤다는 둥, 길을 막아 기분이 나쁘다는 둥의 이유로 괜한 시비를 걸었다.

대개는 큰일이 나지 않고 무마되지만, 말이 안 통하는 주취자 때문에 위험한 상황도 있었다. 내가 앉아 있는 테이

블로 달려든 것이다. 가게 종업원이 그 사람을 붙잡았고 결국 경찰서에 신고를 하는 것으로 마무리되었다. 주취자가 달려드는 순간, 나의 사고는 멈추었고 불안감과 두려움이 엄습했다. 아마 물리적 충돌이 있었다면 나는 속수무책으로 당하고 크게 다쳤을 것이다. 남성이 술김에 가한 위협으로 인한 공포감과 아무것도 하지 못하고 얼게 된 상황으로 인한 무력감이 밀려왔다. 나를 스스로 지킬 수 있는 신체적 능력이 있었다면 아마 공포감과 무력감을 느끼지 않았을 것이다.

대부분의 여성은 이 같은 공포감과 무력감을 일상에서 자주 느낀다. 귀갓길은 물론 현관 앞에서도 마찬가지이다. 자취방에서 홀로 불안에 떠는 친구를 위해 경찰서에 신고를 한 적도 있고 직접 자취방으로 달려간 적도 많다. 집 안에서도 본인이 감당하지 못할 외력이 닥쳐오는 일을 걱정해야 한다.

여성들이 집으로 돌아갈 때 주고받는 인사는 비슷하다.

"너도 조심히 들어가."

그리 늦지 않은 시간이고 술을 마신 상태도 아닌 날조차 여성은 조심해야 한다. 여성이라면 누구나 신원 불명의 남성이 뒤를 쫓아온 경험이 있을 것이다. 그곳이 범죄 미수 현장이었는지 혹은 단순한 착각이었는지 구분하는 것은 우선시해야 하는 사안이 아니다. 실제로 여성은 언제나 그리고 어디에서나 피해를 당하는 일이 많기 때문에, 늘 불안감을 가질 수밖에 없다는 사실을 인지하는 것이 더욱 중요하다. 여성들은 비슷한 경험을 공유하며 불안감을 느끼는 것에 공감하기 때문에, 서로가 안전하게 귀가할 수 있기를 바라게 되었다.

오늘도 무사히 집으로 돌아가기를 빌어야 된다는 것은 통탄할 사실이지만 우리가 마주하고 있는 현실이기도 하다. 나 자신을 지키기 위해 다음 달에는 복싱 학원에 등록해야겠다.

학교에서 배운 대로

나노물리학을 전공했지만, 이와 전혀 관련이 없는 교양 수업을 좋아했다. 대학생이라면 철학 강의 하나쯤은 수강해야 한다는 생각으로, '스토리텔링 동양 철학' 수업을 들었다. 열정적으로 수업에 참여했던 것은 아니다. 수업 전에 미리 업로드된 파워포인트 자료를 출력하지도 않은 채, 교수님의 설명을 가만히 앉아서 듣기만 했다. 사회적으로 이슈가 되고 있는 일에 대한 토론이 자주 이루어지는 수업이었다. 한 번도 손을 들고 의견을 발언해 본 적이 없었다. 교수님이 그날 나를 지목하기 전까지는….

2016년 5월 강남역 화장실 살인 사건이 일어났다. 수업 시간에 이 사건을 주제로 토론이 벌어졌다. 이를 단순한 '묻지마 범죄'로 볼 것인지, 아니면 '여성 혐오 범죄'로 볼 것인지에 대한 토론이었다. 여러 학생이 본인의 의견을 발표했고 그렇게 토론은 잘 흘러가는 듯했다.

수업 시간이 아직 남았는데 자진해서 발언하려는 사람이 없었다. 교수님의 눈은 발언할 사람을 찾고 있었다. 이백 명 정도의 인원이 수강하고 있었기 때문에, 평소처럼 잘 숨어 있으면 지목을 당하지 않을 것이라는 생각에 마음 놓고 있었다. 심지어 살짝 졸기까지 했다.

"노란색 머리에, 머리가 짧은 학생이 말해보세요."

강의실을 아무리 둘러보아도, 교수님이 말씀하신 노란색 머리를 한 머리가 짧은 학생은 나뿐이었다. 강남역 화장실 살인 사건은 워낙 큰 사건이었기에 그 내용에 대해 알고 있었지만 그렇다고 해서 자세히 알고 있는 것은 아니었다. 게다가 앞서 발언한 다른 학생들의 의견을 유심히 듣지도 못했다. 당황했지만 조심스럽게 겨우 몇 마디를 꺼냈다.

"이 사건은 범인의 정신적인 문제로 인해 일어난 전형적인 묻지마 살인 사건이라고 생각합니다. 가해자가 조현

병 진단을 받았다고 알고 있으며 평소 피해망상증이 있다고 들었습니다. 이로 인한 우발적인 살인이라 생각합니다. 저는 어떤 이유에서 이를 여성 혐오 범죄라고 하는 것인지 잘 이해가 되지 않습니다."

내 말이 끝나자마자 쏜살같이 빠른 속도로 다섯 명의 학생이 발언권을 얻고자 손을 들었다. 교수님이 그중 한 학생을 지목하셨고, 그는 천천히 이야기를 해나갔다. 여성 혐오 범죄로 볼 수 있는 이유와 현재 이루어지고 있는 논의 내용에 대해 상세히 설명하며, 한 번 더 강남역 화장실 살인 사건은 여성 혐오 범죄라고 주장했다. 완벽히 설득되었다. 나는 그 수업 시간 이후에 여성 혐오에 대해, 여성 혐오 범죄에 대해 제대로 알아가기 시작했다.

돌이켜 보면 내가 했던 발언이 너무 창피하다. 말로 저지른 흑역사 중 단연 일등이다. 무지에서 비롯된 실수라고 해도, 지나치게 무지했다는 생각에 자다가도 이불을 차게 된다. 뉴스에서 주워들은 내용을 그대로 읊는 수준의 말을 듣고도 친절하게 설명을 해준 학우분에게 감사한 마음이다. 이날 수업은 내 과오를 반성할 수 있는 계기가 되었다. 여성 인권에 많은 관심을 가지고 있다고 자부하며 살았는데, 여전히 부족하다는 사실을 깨달은 순간이었다. 지금까지도 그 순간을 잊은 적 없다.

삼 년이 지난 후에 학교에서 우연히 그 학우분을 다시 만났다. 먼저 인사를 건넸고 감사하다는 이야기를 전했다.

"몇 년 전에 동양 철학 수업을 같이 들었는데, 혹시 기억하시나요? 제가 강남역 화장실 살인 사건에 대해 이야기한 내용이 아직도 창피합니다. 그때 천천히 설명해 주신 덕분에 여성주의에 대해 많이 공부하게 되었습니다. 언젠가 다시 만나면 꼭 감사하다는 말씀을 드리고 싶었어요. 감사합니다."

그는 내가 한 이야기는 기억나지만 본인이 한 이야기는 잘 기억나지 않는다고 대답했다. 부끄러웠다. 차라리 반대였다면 좋았을 텐데…. 그래도 고맙다는 인사를 할 수 있어서 다행이었다.

가끔은 떼어 버리고 싶어서

누군가가 아랫배를 칼로 찌르는 것 같다가, 무거운 물체가 아랫배를 짓누르는 것 같다가, 배 안쪽이 갈기갈기 찢기는 것 같다. 그리고 다리가 마비되는 듯 아프고 독감에 걸린 듯 아프다. 진통제를 먹어도 소용이 없어 잠도 못 자다가 응급실에 간 적도 있다. 나는 매달 이토록 고통스러운 정혈통을 겪는다.

물론 정혈을 시작하기 전에도 고통스럽다. 가슴을 비롯한 온몸이 부어오르고 살갗이 예민해진다. 가슴은 스치기만 해도 아린데 어깨와 골반, 목까지 통증이 느껴진다. 그러다 '생리가 터지면' 1일 차부터 4일 차까지 복통이 지속된다. 배가 계속 부어오르기 때문에 고무줄 바지가 아닌 다른 바지는 입을 수도 없다. 소화도 안되므로 제대로 밥을 먹는 것조차 힘들다. 정혈로 인한 일상의 불편함은 반복된다. 게다가 여름에는 찝찝함과 답답함까지 더해진다.

정혈통이 없거나 경미한 여성도 있다. 또 그때그때 통증의 정도도 다르다. 통증을 느끼는 원인도 각양각색일 것이다. 어머니가 "나는 정혈통이 없는데 너는 왜 이렇게 태어났지?"라는 말을 여러 번 하신 것으로 보아 유전적 요인도 아닌 것 같은데, 정확한 원인을 모르니 해결 방법을 찾는 것이 쉽지 않다.

면 정혈대나 정혈컵을 사용해 보았지만, 별 효과는 없었다. 산부인과에서 초음파 검사를 받기도 했다. 의사는 특별한 문제가 없다고 했다. 그리고 "불행 중 다행인 내용부터 말씀드리자면 자궁이 아주 깨끗하다는 것이에요. 불행은 정확한 통증의 원인이 없다는 것입니다. 그래서 진통제를 먹는 수밖에 없어요."라는 소견을 밝혔고, 나는 그 말을 듣고 실소가 터졌다. 평생 이렇게 살아야 되는구나! 식습관을 고치면 조금 나아질 수 있지 않을까 하는 바람으로 식이 요법을 시도했는데 이 역시 효과가 없었고, 다음 달에는 아무거나 막 먹었다. 너무 분해서 평소에 잘 먹지 않던 야식까지 챙겨 먹었다. 한의원에 찾아가기도 했다. 한의사는 체질부터 개선해야 한다며 한약을 처방해 주었다. 한약을 먹으니 왠지 모르겠지만 더 아팠다. 한동안 한의학을 불신했다. 숱한 노력을 했지만 아직까지 정혈통의 원인을 찾지 못했다. 그야말로 불명의 고통이다.

열한 살에 초경을 시작했다. 그때부터 정혈통에 시달려야 했다. 초경의 순간을 잊을 수 없다. 배가 너무 아프고 머리도 어지러운데 피까지 나오니, 죽을병에 걸렸다는 생각이 들어 눈물이 났다. 어머니가 정혈에 대해 차근차근 설명해 주셨지만, 그때 받았던 충격은 아직 생생하다.

내가 도대체 무엇을 잘못했기에 한 달에 한 번씩 시련과 고통을 겪어야 하는지 억울하다. 정혈 주기는 이십팔일. 너무 정확해 두 달에 세 번이나 거지 같은 고통을 감당해야 할 때도 있다. 주변 사람이나 같이 일을 하는 동료 대부분은 내 정혈 주기를 알고 있다. 삼사일은 옴짝달싹하지 못하기 때문에, 일에 차질이 생기지 않으려면 최대한 정혈 주기를 피해서 업무 계획을 세워야 한다. 한 동료는 나에게

"맨날 생리하는 것 같아."라고 말했다. 매번 고통에 몸부림치며 난리 통을 치르는 모습을 본 탓에 내가 정혈을 자주 하는 느낌이 드는 모양이다.

조금이라도 일정을 미룰 수 있는 일이라면 그나마 괜찮을 텐데, 진행하고 있는 일은 대부분 일정을 미루는 것 자체가 불가능하다. 어쩔 수 없이 입에 진통제 한 통을 때려 넣어야 한다. 약에 취한 것인지 아니면 잠에 취한 것인지 모른 채 비몽사몽의 상태로 일을 한다.

보건 휴가가 보편화되면서 정혈통을 이해해 주는 분위기가 차츰 형성되고 있기는 하지만 여전히 눈치가 보인다. 내가 심각한 정혈통을 앓는다는 사실을 알고 있는 동료와만 일을 하는 것은 아니기 때문이다. 이미 일정이 정해진 경우, "죄송하지만 그날은 제가 정혈을 할 예정이라 다른 날로 조율할 수 없을까요?"라고 묻는 것은 쉽지 않다. 내성이 생겨 점점 더 강한 진통제를 먹어야 하는 상황이 벌어지는 것은 아닌지 문득 걱정되지만, 진통제를 안 먹을 수도 없다. 진통제의 힘을 빌려 일상을 버티는 것이 오히려 마음 편하다.

정혈통은 실로 커리어에 큰 페널티를 준다. 좋은 컨디션이었다면 더 많은 일을 해낼 수 있었을 텐데 '투병'에 많은 시간을 할애해야 하는 것이 아깝다. 질병과 달리 정혈통은 나흘만 지나면 아무 일도 없었다는 듯이 사라진다. 사경을 헤매다 정신을 차리면 허탈감만 남는다. 이내 정혈 주기를 기록하는 애플리케이션에 정혈이 끝난 날을 입력하면 다음 정혈 예정일을 알려준다. 다음 달에 다가올 고통을 카운트다운하며 살고 있는 것이다.

'D-28, 다음 예정일은 ○월 ○○일입니다.'

정혈통을 줄이기 위해 쏟은 노력의 결과는 늘 실패였다. 평소에는 체력이 좋다가도 정혈 기간이 되면, 체력이고 기력이고 모조리 무너져 내린다. 이를 반복할 때마다 무력감이 든다. 미레나 시술(자궁 내부에 T자 모양의 플라스틱 장치를 삽입하는 시술)이나 임플라논 시술(팔 안쪽에 연필심 모양의 기구를 삽입하는 시술)에 대해 찾아보았다. 부작용이 걱정되기도 하고 안전성에 대한 우려도 되어 계속 주저하고 있다. 정혈통을 없애려는 노력이 계속 불발에 그친다면 언젠가는 시술을 시도하게 될지도 모르겠다.

모든 고통의 근원인 포궁을 없애버리고 싶다는 극단적인 생각이 들 때도 많다. 완경이 오기 전까지는 계속 고통을 감당해야 한다는 생각을 떠올리기만 해도 끔찍하다. 완경에 이르면 호르몬의 영향으로 또 다른 신체 변화가 생길 텐데, 완경이 고통의 끝이 아니라 다른 고통의 시작일지도 모른다는 불안감도 든다. 나와 같은 고통을 견디고 있는 모든 여성에게 응원의 말을 보내고 싶다.

"떼어 버리고 싶은 욕구를 참아내고 사시느라 고생이 많으십니다."

○ 맨날 술이야

나는 애주가, 부산 사투리로 '초빼이'이다. 허초빼이. 초빼이는 술을 많이 좋아하면서도 동시에 많이 마시는 사람을 뜻하는데, 좋은 의미로 사용하는 단어는 아니다.

성인이 된 다음부터는 술을 마시는 것이 일상이 되었다. 대학교에 들어간 후 언제나 술자리를 마다하지 않았는데, 술을 많이 마시는 분위기가 아니었음에도 불구하고 술자리를 열심히 찾아다녔다. 술자리에는 기본 안주와 기본 허휘수가 있다는 말을 들을 정도였다. 이때쯤에는 주량이 아주 세다고 착각했었다. 주량을 초과한 줄도 모른 채, 누가 잔을 채워주지 않으면 혼자서라도 잔을 채워 더 마셨다.

몇 시간 동안 춤 연습을 한 뒤 맥주를 마시는 순간이 가장 좋았다. 흘린 땀의 양만큼 들이켰다. 술자리의 시작은 그날의 '주종'에 상관없이 단연 생맥주 500cc 한 잔이었다. 수업이 끝나면 연습실에 가서 밤늦도록 연습하고 연습이 끝난 후에 새벽까지 술을 마신 다음 잠시 자다가 다음 날 수업에 가는 일상이 반복되었다.

공연이나 행사, 대회가 끝나면 뒤풀이가 빠질 수 없기에, 허초빼이는 늘 '필참'했다. 뒤풀이는 인맥을 넓히기 좋은 시간이었고 다른 일을 의뢰받을 수도 있는 자리였다. 술이 좋아서 참석하기도 했지만, 새로운 기회를 얻을 수 있다는 기대도 은연중에 있었다.

술 취향에 대해 더 이야기하자면, 나는 술 중에서 진과 와인을 가장 좋아한다. 생애 처음 먹어본 칵테일도 진토닉이었다. 독특한 향과 특유의 깔끔한 맛이 좋다. 와인은 우아하고 고급스러운 느낌이 좋아서 마셨는데, 지금은 그냥 맛있어서 마신다. 단맛이 나는 와인보다 살짝 떫은맛이 나는 드라이한 와인을 즐기고, 묵직한 향과 풍미를 음미할 수 있는 와인을 선호한다. 최근에는 위스키의 매력에 빠져 있다. 예전에는 위스키가 중년 남성들이 즐겨 마시는 술처럼 느껴졌다. 또 터무니없이 비쌀 것이라는 편견을 가지고 있었기 때문에 자주 마시지 않았다. 위스키를 떠올리면, 저택에 사는 부자가 손님을 초대해 위스키를 권하는 영화 장면만 생각났다. 위스키는 그런 이미지였다. 칵테일 바를 운영하면서 본격적으로 다양한 주종을 접하게 되었고, 위스키에 대한 생각이 변했다. 깔끔한 진보다 깊은 풍미가 있고 와인과는 또 다른 멋이 있었다. 와인은 우아한 멋이라면 위스키는 여유로운 멋이랄까.

종종 주량을 넘기며 취한 적도 있었다. 전략적으로 술을 조절하기에는 너무 순수하게 술이 좋았던 탓이다. 과음은 나 자신은 물론 주변 사람도 곤욕스럽게 만든다. 한때는 술버릇이 고약했다. 취하기만 하면 샤워를 하는 것이었다. 샤워하는 것이 무슨 문제인가 싶겠지만, 샤워를 하다가 잠에 들었기 때문에 큰 문제였다. 자칫 잘못하다가는 저체온증으로 위험해질 수 있었다. 무엇보다 벌거벗은 모습을 다른 누군가가 보게 될 수도 있다는 사실이 가장 큰 충격이었다. 피부가 하얀 편인데, 샤워실에서 나오지 않는 나를 찾으러 온 친구가 욕조에서 자고 있는 내 모습을 본 다음부터 한동안 나를 '초당 순두부'라고 부르기도 했다. 지금은 술버릇이 특별하지는 않다. 목소리가 커지고 행동반경이 넓어지거나 쓰러져 잠드는 정도…. 이제 취하기 전까지만 술을 마시려고 한다.

술자리가 좋고 사람이 좋아서 부어라 마셔라 했던 날을 지나, 자주 술을 마시지 않게 된 이유가 몇 가지 있다. 남성들과 함께 일을 하다 보면, 술자리에서 오가는 대화를 통해 업무적 기회를 얻는 경우나 사업 제안을 주고받을 때 술자리를 가지는 경우가 흔했다. 이왕이면 일은 맨정신 상태로 진행하는 것이 서로에게 이롭다는 사실을 깨우쳤다. 술자리가 아니더라도, 인맥이나 기회는 충분히 생길 수 있다. 휘뚜루마뚜루 얻은 기회와 제안은 쉽게 사라지거나 왜곡되고, 알코올이 함유된 구두 계약은 안 하는 편이 낫다.

술을 좋아하는 사람으로서 술을 계속 마시기 위해서는 절제가 필수였다. 오직 술을 잘 즐기기 위해 매일 술을 마시는 일을 그만두기로 한 것이다. 나이가 들수록 숙취가 심해지고 숙취 해소에 이르기까지의 시간이 늘어난 것도 술 마시는 횟수를 줄이는 데 한몫했다. 마셔보고 싶은 술이 여전히 많기 때문에 건강을 챙겨야 한다. 술을 열심히 마셔 망가뜨린 몸을 재생하기 위해서 운동도 열심히 해야 한다.

하루 종일 술을 안 마시고도 잘 놀던 때도 있었는데, 어느 순간 친구와 술을 안 마시고 어떻게 시간을 보내야 하는지 잊어버린 기분이 들었다. 인간관계를 형성하는 데 술이 차지하는 지분이 너무 커졌다고 느꼈을 때 술과 거리두기에 들어간 것 같다. 무엇이든지 적당할 때 건강한 법이다. 좋은 사람과 좋은 술을 먹고 싶다. 최적의 때에 비싸고 맛있는 술을 마셔야지.

이과와 문과 사이

소설가인 어머니와 수학 선생님인 아버지의 슬하에서 자랐다. 미술을 전공하고 싶으셨던 아버지는 할머니의 설득으로 전기공학과에 진학하셨다. 전기공학과를 전공했기 때문에 지금까지 본인이 먹고살 수 있다고 믿고 계신 아버지는 대학 입시를 앞두고 있던 나에게 이과 계열의 전공을 적극적으로 권하셨다. 문과 계열 전공자는 취업하기가 힘들다는 통념 때문이었다. 다행히 나는 과학을 좋아했고, 여기에 아버지의 영향이 더해져 나노물리학과를 선택하게 되었다.

"눈이 녹으면?"이라는 질문에 문과는 "봄이 오지!"라고 대답하고 이과는 "물이 되지!"라고 대답한다는 우스갯소리가 있을 만큼, 문과와 이과는 명확히 구분되는 부류라고 여겼다. 전공과목에 대한 자부심은 저마다 가지고 있겠지만, 특히 물리학과는 대단한 자부심을 가지고 있는 집단으로 유명했다. 물리학을 전공하는 사람들은 보통 물리학을 '순수 과학의 정통파'로 생각하기 때문이었다. 나는 비록 대단한 자부심을 가지고 있지는 않았지만, 물리학이 꽤 흥미로운 분야라고 생각했다.

물리학 이론을 이해하기 위해서 때로는 상상력이 필요하다. 눈에 보이지 않는 원자나 전자의 움직임을 떠올려야 하고, 실생활에서 감지할 수 없는 마찰력과 중력, 자기장과 전기장을 느껴야 하며, 어디든 존재하는 공기이지만 공기가 없는 진공 상태도 받아들여야 한다. 있는 것을 없다고, 없는 것을 있다고, 안 보이는 것을 보인다고, 보이는 것을 안 보인다고 생각할 줄 알아야 물리학을 공부할 수 있었다.

역사적으로 살펴보더라도 상상력에서 시작해 가설과 연구 등의 과정을 거쳐 이론으로 정립된 물리 법칙이 많다. '왜?'라는 가벼운 질문으로 시작해 과학적 사실을 증명한 사례도 많다. 이 같은 측면을 고려했을 때 물리학은 인문학과 차이가 없다. 결론에 도달하기 위한 수단으로 수학을 활용하는 것이 물리학이라면 철학을 활용하는 것이 인문학이다. 그래서 고대의 과학자가 동시에 철학자이기도 했던 것이 아닐까. 대학 생활을 할수록 문과와 이과를 구분하는 행위가 큰 의미가 없다는 생각이 들었다.

메마른 감성을 토대로 오차 없는 계산을 할 줄 아는 능력이 물리학에서 가장 중요하다고 오해하기 쉽지만, 그 무엇보다 말랑한 상상력이 필요하다. 나노물리학을 전공과목으로 선택한 이유도 눈에 보이지 않는 것을 생각하고 연구하는 학문에 매력을 느꼈기 때문이다. 다만 언어를 알아야 글을 읽듯 수학을 알아야 물리학을 배울 수 있다. 그래서 나는 물리학과 소통하기가 힘들었다…. 언어는 번역기라도 돌리지, 수학은 공학 계산기가 있어도 소용없다.

대학원은 문화행정학과의 프랑스문화매니지먼트 전공을 수료했다. 물리학과 나 사이에 존재하는 소통의 장벽을 극복하지 못해서 전공을 바꾼 것은 아니다. 결과적으로 한계를 극복하지 못한 것은 맞지만, 학문적 특성은 중요한 요소가 아니었다.

대학교에 입학하고 난 후부터는 춤을 추며 문화 예술 영역의 경력을 쌓았다. 공연이나 강연을 제작했고 뮤지컬이나 댄스 공연의 댄서로 서기도 했다. 경력은 점차 쌓였지만 전문성이 부족하다는 고민에 빠졌다. 문화 예술 분야의 경력과 전문성을 증빙하기 쉽지 않았다. 학위가 가장 명확하게 이를 증명할 수 있다고 생각했고, 대학원에서 프랑스 문화매니지먼트를 전공하기로 했다. 결과적으로 잘한 선택이라고 생각한다. 학과마다 분위기가 달랐고 지도 교수님의 영향에 따라 대학원 생활이 좌우되기도 했는데, 인복이 있는 나는 좋은 환경과 좋은 사람들의 도움으로 많은 것을 배울 수 있었다.

애초에 큰 계획을 세운 것은 아니었고 그저 때마다 나에게 적합한 선택을 했지만, 대학에서는 이과생이었고 대학원에서는 문과생이었던 이력은 특이하게 여겨졌다. 그렇다고 해서 이과와 문과, 모든 영역에 통달한 복합형 인재는 아니다. 문과와 이과는 각각 다른 특징도 있지만 비슷한 특징도 있는데, 이를 모두 접한 덕분에 세상을 바라보는 시야가 더 넓어질 수 있었다.

지금 내가 하고 있는 일에 물리학이 실질적인 도움이 되지 않을 것이라고 생각하는 이들이 많다. 하지만 물리학을 전공했기 때문에 볼 수 있는 것이 분명 존재하기 때문에, 물리학 역시 내가 일을 하는 데 혹은 살아가는 데 도움이 된다고 자신할 수 있다. ('테슬라'는 전기 차를 생산하는 기업의 이름일 뿐만 아니라, 과학자의 이름이자 자기장의 단위를 뜻하기도 한다는 등의 정보를 아는 것도 다 물리학 덕분이다.) 내가 공부했던 그 시간이 헛되지 않도록, 잘 써먹으면서 살 것이다.

◦ 엄마가 엄마답지 않아서

학창 시절 부모님 직업을 써서 내야 하는 경우가 있었다. 그때마다 어머니의 직업을 고민했다. 대부분의 친구가 어머니의 직업을 주부라고 썼는데, 나는 우리 어머니의 직업은 주부가 아니라고 확신했다. 가정에서 여성이 살림을 담당하는 것이 당연하지 않다는 사실을 몸소 알려주신 분이 어머니였다. 그때도 집필을 하고 계셨기에, 고민 끝에 적어 낸 어머니의 직업은 소설가였다.

어머니는 지금 환갑이 넘으셨는데도 눈에 야망이 가득하다. 본인의 작품으로 인정받을 것이라는 이야기를 매일

하신다. 최근에는 영어 회화와 피아노를 다시 배운다는 소식을 전해주셨다. 태어날 때부터 내 어머니였기 때문에 잘 몰랐는데, 사회생활을 하다 보니 더 대단하게 느껴진다. 이십 대인 나도 가끔은 야망이고 뭐고 다 때려치우고 싶을 때가 있는데, 어떻게 한결같이 에너지가 넘칠 수 있는지 신기할 따름이다.

어머니는 이른 아침에 항상 불경이나 신문을 읽으셨다. 좀처럼 거실에 있는 텔레비전을 켜시는 모습을 볼 수 없었다. 늘 독서를 하시거나 글을 쓰셨다. 어렸을 적에는 어머니와 함께 자주 책을 읽었는데, 나와 내 동생은 이 시간을 '소파 학교'라고 불렀다. 소파에 앉아 책을 보고 감상을 나눌 수 있는 시간이었다. 어머니는 내가 책과 친해지길 바라셨는데, 그 바람과 달리 나는 책보다 영상을 많이 보는 사람으로 자랐다.

어머니는 여전히 독서의 중요성에 대해 말씀하신다. 어떠한 책을 찾고 싶을 때면, 상당히 많은 책을 읽으신 어머니께 여쭈어본다. 책을 추천해 달라고 하면 책은 물론 관련된 영화까지 함께 추천해 주신다. 또 언제나 긍정적인 말로 응원을 아끼지 않으시며, 내가 가치 있는 사람이라는 사실을 잊지 않도록 도와주신다. 나는 항상 남을 배려하고 건강한 마음을 가져야 한다는 어머니의 가르침을 새겨듣고 그대로 행동하고자 노력하는 딸이 되었다. 누구나 마찬가지이겠지만 나 역시 어머니의 영향을 많이 받았다.

연인과 헤어져 힘들 때도, 나는 어머니에게 고민을 털어놓는 편이다. 비단 연애뿐만 아니라 다른 힘든 일도 곧잘 이야기한다. 친구보다 더 친구 같기도 하고, 그럼에도 어머니이기에 더 많은 대화를 나눌 수 있다. 우리의 대화는 늘 즐겁다. 어머니가 본인의 이야기를 너무 많이 하시기는 하지만, 이야기를 듣는 것도 재미있다. 내가 페미니스트라고 말한 후에는 일부러 여성주의 문학을 찾아 읽으시기도 하고 여성주의에 대한 이야기도 거리낌 없이 꺼내신다.

가끔 집에 친구들이 놀러 오면 다 같이 술을 마시며 이야기를 나누기도 한다. 하루는 비혼주의자인 내 친구와 함께 비혼에 대한 주제로 한 시간이 넘도록 대화를 한 적도 있다. 보통의 어머니라면 비혼주의를 선언한 자식을 그토록 존중해 주시기 힘들 법한데, 우리 어머니는 달랐다. 어머니와 나누는 대화에는 늘 생동감이 있으며, 이를 통해 더 많이 상상하고 고찰하게 된다.

가끔 어머니에게 실망감이나 서운함을 느낀 적도 있었다. 어머니의 세심한 보살핌을 받는 다른 친구들이 부러웠다. 하지만 어머니를 한 개인으로 보기 시작하면서, 실망감이나 서운함은 차츰 사라졌다. 나는 어머니를 어머니로만 보았기 때문에 부족한 부분이 보였던 것이다. 어머니는 가사와 맞지 않는 사람이고 본인 몸 하나 챙기기도 벅찬 사람이다. 책을 읽고 사유하고 글을 쓰는 것만으로도 하루가 모자란 사람에게 가사 노동과 육아는 가혹한 일이었을 것이다.

최근에 어머니가 옛날 일을 생각하며 넋두리를 하셨다.

"아휴, 할 줄도 모르는 사람이 애를 셋이나 낳아서…."

"그치, 엄마는 엄마를 하면 안 되는 사람이긴 해."

"그래도 엄마가 있어 얼마나 다행이냐. 나는 애가 셋이나 있어 다행이고."

"나는 엄마가 내 엄마라서 좋아."

친구에게 우리 엄마가 특이하다는 말을 했다. 그러자 그 친구는 "아니, 어머니는 특별하신 거야."라고 대답했다. 맞다, 특별한 엄마가 있어서 다행이다.

내가 정한 삶

살다 보면 선택을 하기도 하지만 선택을 당하기도 한다. 점점 선택을 당해야 하는 일이 늘어난다. 선택되지 못했을 때 밀려오는 좌절감은 이루 말할 수 없을 것이다. 사람마다 좌절감의 크기가 다르겠지만 상처를 받는다는 사실은 매한가지이다. 부족한 점을 찾고 자책하며 자신을 탓하다가도, 애초에 시스템이 잘못되었다며 사회를 비판하기도 한다. 점점 선택의 기로에 놓이는 상황이 무서워지고 경쟁해야 하는 현실은 더욱 두려워진다.

'무한 경쟁 시대'라는 낡아 빠진 단어가 지금도 여전히 유효하다는 사실을 모르는 것은 아니다. 하지만 일단 나는 경쟁 상황에 적합한 사람이 아니다. 학창 시절에 열심히 공부를 하고 대학에 진학해 대기업에 취직하는 것이 소위 정통의 길이라면, 나는 치열한 경쟁 속에서 정통의 길을 뚫고 나갈 자신이 없어 우회로를 만드는 방법을 선택한 사람이다. 좁고 꾸불꾸불하지만 새로운 길을 찾는 일이 적성에 더 잘 맞았다.

대학을 졸업했지만 먹고살 길이 막막했다. 집에서 돈을 받는 염치없는 행동을 더 이상 할 수 없다고 판단했다. 서울로 유학을 오면서 졸업장 하나를 받기까지 최소 일억 원은 썼을 것이다. 학자금 대출을 받고 내가 아르바이트를 했다고 해도, 오천만 원은 부모님에게 지원받은 돈이다. 대학 생활 육 년(휴학과 추가 학기까지 포함한 기간이다.) 동안 달콤한 보살핌 아래에서 정말 살고 싶은 대로 살았다. 졸업한 이후 지원을 더 해달라고 말한 적도 없지만, 행여 말한다고 한들 거절당할 것이라는 사실을 직감적으로 알아차렸다.

대학 입시 경쟁 이후 최대 경쟁 현장이라 할 수 있는 취업 전선에 던져질 위기에 놓인 나는 공부를 더 하기로 했다. 경쟁에 뛰어드는 시기를 남들보다 조금 미룬 것이다.

대학원에 진학하기로 결정한 속내에는 내심 학교라는 울타리 안에서 더 보호받고 싶은 마음도 있었다.

그 덕에 잠시 안정을 찾았지만 이내 다가오는 대학원 수료일을 막을 수는 없었다. 이전과 비교조차 안 되는 불안감이 거세게 몰려왔다. 한 번 더 취업 전선을 피하고 사회에 나가는 것을 미루기 위해 박사 과정을 밟아볼까 하는 생각도 잠시 했다. 하지만 선뜻 결정할 수 없었다. 석사 과정 내내 박사 과정은 아무나 할 수 없다는 사실을 뼈저리게 느꼈기 때문이다. 사회에 나가서 돈을 벌기는 해야겠는데, 이것도 썩 내키지 않았다. 둘 중 하나를 선택하는 것은 마치 '차악 고르기 게임'이나 다름없었다.

석사 과정을 수료한 뒤부터는 하고 싶은 일에만 몰두했다. 춤을 추고, 영상을 만들고, 사업을 벌이는 등 닥치는 대로 일을 했다. 물론 전부 다 내가 원해서 실행한 것이었다. 남들이 말하는 평범한 삶과는 분명 동떨어져 있는 삶이었다.

아무도 나를 써주지 않아서, 하고 싶은 일과 할 수 있는 일 그리고 잘하는 일에 내가 나를 가져다 썼다. 선택받지 못하는 상황이 두려워 내가 나를 선택한 것이다. "너로 정했다!" 하며 던져진 포켓볼의 피카츄가 되고 싶지 않았다. 대신 "나로 정했다!" 하고 스스로 원하는 일을 했다. 언뜻 대책이 없어 보이기도 하지만, 이를 통해 자유로워질 수 있었고 어떤 상황에 처하더라도 나 자신을 응원하게 되었다. 나는 내가 선택한 사람이니 말이다.

대학원을 수료하고 나서 육 개월 동안은 거의 수입이 없었다. 법인 기업을 운영하고 있었지만 내 월급을 챙길 만큼 성과가 나지 않았고 유튜브 채널의 수익도 올리지 못하고 있었다. 유일한 벌잇거리는 춤 레슨이었다. 그러던 중 학자금 대출 이자와 원금을 갚아야 하는 시기가 되었다. 아무리 아껴서 써도 빚은 늘었다. 사실 불안했다. 그래도 하는 일을 그만두고 오로지 돈을 벌기 위해 다른 일을 하기는 싫었다. 대학생 때 이것저것 많은 아르바이트를 했었는데, 마지막 아르바이트를 그만두면서 스스로에게 약속했다. 다시는 내 시간으로 돈을 벌지 않으리라. 시간으로 돈을 버는 일은 당장 늘어나는 빚보다 싫었다. 내가 선택한 일로 돈을 벌 수 있는 날이 올 것이라는 믿음으로 버티고 또 버텼다.

통장에 만 원조차 없을 때도 부끄럽지 않았다. 오히려

친구들에게 통장 잔고를 보여주며 밥을 사달라고 말했다. 너무 당당한 태도에 실소를 터뜨리며 밥을 사는 친구들에게 염치없는 나를 이해시키려고 노력하지도 않았다. 그 대신 스스로를 향한 믿음을 가질 수 있는 방법에 대해서 이야기했다. 운이 좋게도 주위 사람들은 내 선택을 이해해 주었다. 내가 나를 믿었고, 내가 믿으니 남들도 나를 믿었다. 나는 나를 선택했고, 남이 나를 선택하지 않도록 했다. 그때 밥을 사준 친구들에게 은혜를 갚기 위해서라도 내 선택이 틀리지 않았다는 사실을 보여주고 싶다.

칭찬의 부작용

어렸을 때부터 잘 먹고, 잘 웃고, 잘 뛰어다녔다. 건강하고 활기찬 아이였다. 특히 식사량은 성인 남성 못지않았는데, 어른들은 밥을 먹는 내 모습을 보고 가끔 당황해 하셨다. 큰어머니는 나의 식사량에 크게 만족하셨다.

"휘수는 밥 차려줄 맛이 난다."

다섯 살 무렵에는 집에서 밥을 먹고 난 다음, 옆 동에 사는 큰어머니의 집에 가서 한 끼를 더 얻어먹었다. 하루에 여섯 끼씩 먹은 것이다. 잘 먹는 만큼 덩치도 좋았다. 초등학생이었을 때는 또래에 비해 독보적으로 키가 컸다. 때로는 선생님보다 컸다. 어른들은 잘 먹는 나를 기특하게 여기고 귀여워하면서도 한편으로는 예쁘고 얌전하지 않아서 우려를 표했다.

"언니는 예쁜데, 휘수 너는… 씩씩하지."

"잘 먹어서 좋긴 한데 너무 튼튼하다."

자연스럽게 마른 몸을 선망하게 되었다. 언니의 마른 팔목이 부러웠다. 그때부터 내 팔목을 보는 습관이 생겼다. 뼈가 보이지 않는 내 팔목이 싫었다. 틈날 때마다 팔목을 손으로 잡아보며, 팔목의 어느 지점까지 손으로 잡을 수 있는지 확인했다.

덜 먹는 것은 나의 과제가 되었다. 많이 먹은 날에는 잘못된 행동을 저지른 듯한 기분이 들었다. 어느 순간부터 다른 사람과 함께 식사를 하는 자리가 불편했다. 사람들에게 많이 먹는 모습을 보여주고 싶지 않았다. 여럿이 먹을 때 먹고 싶은 만큼 먹지 않았다. 혼자 먹을 때는 백 퍼센트의 확률로 폭식을 했다. 위가 견딜 수 없을 만큼 많이 먹어서, 먹다가 토를 한 적도 여러 번 있었다. 몇 년이 지나고 나서야 내가 당시 식이 장애를 겪고 있었다는 사실을 깨달았다.

열네 살에 무려 십칠 킬로그램을 감량했다. 갑자기 불어난 몸무게 때문에 무릎이 아파서 시작한 다이어트였다. 하지만 미용의 목적이 전혀 없었던 것은 아니다. 울퉁불퉁한 배와 다리는 옷을 입는 데 걸림돌이 되었기 때문에, 더 열심히 다이어트를 했다. 하루에 네 시간씩 매일 걸었고 밥은 매끼 반 공기만 먹었다.

살이 빠질 때마다 예쁘다는 칭찬을 들었고 기분이 좋았다. 나뿐만 아니라 주위에 다이어트를 하는 친구들이 정말 많았다. 건장한 나에 비해서 한없이 마른 친구도 굶어가며 살을 빼는 데 매진했다. 우리는 교복 치마 밑단 아래로 보이는 다리를 얇게 만들기 위해서 그리고 교복 재킷을 줄이기 위해서, 더 힘들게 살을 뺐다.

다리가 얇아지는 운동과 뱃살을 줄이는 운동에 관심을 보이며 몸을 파편화시키는 사람이 많다. 하지만 특정 부위의 살을 뺄 수 있는 운동 방법은 없다. 특정 부위의 근육을 자극시킬 수 있는 운동은 있지만, 그곳의 지방만 제거하는 운동은 존재하지 않는다. 그럼에도 불구하고 많은 사람들이 여전히 한 신체 부위의 감량을 위해 노력하고 있다. 살이 빠진 친구에게 예쁘다고 칭찬하는 행위는 그들을 위하는 길이 아니라는 사실을 더 빨리 알았어야 했는데, 그때는 아무도 가르쳐주지 않았다.

씹고 뱉기, 먹고 토하기, 폭식하고 토하기…. 청소년의 '프로아나' 실태를 다룬 보도를 접하고 말을 잃었다. 프로아나는 거식증을 지지하는 행위를 의미한다. 앙상하게 마른 몸을 예쁘다고 칭찬하고 추켜세우며, 음식을 안 먹는 방법을 공유하는 청소년의 모습을 보며 참담함을 느꼈다. 나를 비롯한 내 또래들이 당한 압박과 우리가 했던 행동이 시간이 지나면서 더 크게 왜곡되어, 지금의 청소년들에게 악영향을 미친 것은 아닌지 부채감이 들기도 했다. 이 같은 분위기를 그대로 두면 앞으로는 더 끔찍하게 변질되어 더 어린아이들을 압박할지도 모른다.

건강한 신체를 가질 자격은 누구에게나 있다. 그러므로 왜곡되어 있는 몸의 정답에 본인을 맞추는 행위를 멈추어야 한다. 몸에는 정답이 없다. 부디 본인을 괴롭히는 일을 하지 않기를 바란다.

○ 페미니스트입니다

어머니가 잔소리를 하실 때마다 으레 대답한다.

"엄마! 나도 좀 자라자. 다 크는 과정이야."

잘못과 실수는 성장하는 데 꼭 수반되는 과정이라고 주장하며 잔소리를 피하려고 하는 말이다.

청소년 기본법에서는 만 9세부터 만 24세까지를 청소년으로 규정하고 있다. 스무 살이 되면 대개 어른이 되었다고 생각하기 마련이지만, 실은 스무 살은 물론 이십 대 중반까지도 청소년에 해당된다.

스무 살이 되다니, 어쩐지 말도 안 된다는 생각이 들어. 난 아직 스무 살이 될 준비가 하나도 안 됐는데. 기분이 이상해. 왠지 누군가가 뒤에서 억지로 떠민 것 같아. (…) 열여덟 살 다음이 열아홉 살이고, 열아홉 살 다음이 열여덟 살. 그렇다면 좋겠다.

_무라카미 하루키, 『상실의 시대』 중에서

나오코의 말처럼 스무 살은 어쩐지 혼란스럽다. 고작 스무 살이었을 때 중고등학생을 보며 귀여워했다. 나이 차이가 많이 나지도 않았는데 왜 그랬을까. 단순히 술과 담배를 합법적으로 구입할 수 있다고 해서 어른이 되는 것은 아닌데 말이다. 나는 스무 살 이후 사오 년간 급격한 정신적 성장을 겪은 후에야, 비로소 어른이 될 수 있었다. (만 24세까지를 청소년으로 규정한 이유가 이해된다.)

법적으로나 윤리적으로 제약되는 것이 많았던 열아홉 살 이전과 달리, 스무 살이 되어서부터는 스스로 할 수 있는 것이 많아졌다. 나는 이때부터 개인의 가치관이 형성되었다.

미성년에는 도덕적 판단과 인격 형성에 필요한 기본 사항을 배우며 사회적 가치관을 형성할 수 있는 한편 성년이 되면 개인적 가치관을 형성할 수 있다고 생각한다. 이때는 자신의 권리와 의무 그리고 책임이 뒤따를 것이다.

개인적 가치관은 사람들과의 관계나 주변 환경으로부터 영향을 받고, 사회의 교육과 개인의 노력으로 내밀하게 성장된다. 이십 대가 된 이후 나 역시 개인적 가치관을 정립하면서 정신적 성장을 할 수 있었다. 정신적 성장은 파충류의 탈피 과정과 비슷하다. 파충류는 평생에 걸쳐 탈피를 하지만 특히 성장기에는 짧은 주기로 더 자주 탈피를 한다. 정신적 성장, 그러니까 정신적 탈피도 이와 마찬가지이다. 잘 성장하기 위해서 무엇이든 배우는 것이 가장 중요하다고 생각한다. 하지만 한쪽으로만 치우치도록 만드는 배움은 지양해야 할 것이다. 잘못된 배움이나 깨달음은 껍질 안에 자신을 가둘 뿐만 아니라 탈피하기 어려운 더 두꺼운 껍질을 만들기 때문이다. 끊임없이 사고의 틀을 깨며 개인적 가치관을 올바르게 형성해야 한다.

나의 개인적 가치관을 형성하는 데 큰 도움을 주었던 글이 있다.

"젊었을 때 경계해야 할 것은 무지와 천박이란다. 부지런히 학문에 힘쓰고 예절을 익히렴. 예절이란 단순한 생활범절을 넘어서 세상을 예우함을 말하는 거란다. 사람은 물론이고 자연과 사물에 대한 애정과 온순한 마음가짐이 바로 예절이지."

_박혜영, 『비밀정원』 중에서

나는 페미니스트이다. 스물여섯 살부터 나 자신을 페미니스트로 명명했다. 이제까지 겪어온 크고 작은 차별과 이에 대한 생각, 사회 문제에 대한 견해, 인권을 비롯한 페미니즘 공부를 통해 스스로를 페미니스트로 정의할 수 있었다.

페미니즘이 뜨거운 감자였던 시기에는 지인과 언쟁이 잦았다. 같이 일을 하는 남자 동료는 물론이고 여자 동료와도 의견 충돌이 일어났다. 서로가 어떤 생각을 하고 있는지는 뒷전이었고 옳고 그름을 나누는 데에만 집중했다. 언성을 높이며 의미 없는 대화에 적극적으로 참여했다. 한국의 페미니즘은 잘못되었다는 둥, 너무 과격하다는 둥, 페미니스트는 남성 혐오 집단이 아니냐는 둥의 의견으로 시작된 대화는 "그래도 너는 내 친구인데 그렇게 생각하지 마라."라는 회유로 끝이 났다.

주변 사람은 내가 왜 페미니스트가 되었는지, 페미니스트로서 어떤 생각을 가지고 있는지에 대해서는 듣고 싶어 하지 않았다. 그저 '내 친구가 페미라니…!' 하는 소리 없는 탄식과 함께 슬픔과 분노가 뒤섞인 말만 할 뿐이었다. 인정받고 싶은 마음은 없었지만 이토록 화를 내며 이의를 제기할 줄도 몰랐다. 그 이후부터는 처음 보는 사람에게 나를 페미니스트라고 소개하지 않게 되었다.

올바른 가치관과 신념을 규정하는 절대적인 기준은 없다. 가치관과 신념을 옳고 그름으로 양분화하면 사고의 확장이 저해될 것이다. 그러나 가치관과 신념을 바르게 성장시킬 수 있는 방법은 있다. 다양하게 보고, 듣고, 읽고, 생각하는 것이다. 이를 바탕으로 가치관과 신념이 형성되어야 한다. 편향된 정보와 주장 위에 생각이 쌓이면 곧게 자라기 힘들다는 사실을 잊어서는 안 된다. 기울어진 땅 위에서는 잡초도 하늘을 향해 자랄 수 없다.

2장

일 벌이는 것도 버릇이야

○ 소그노: 꿈

'돌아이' 한 명으로 시작되었다. 나도 일을 잘 벌이는 것으로는 둘째가라면 서러운 사람인데, 김은하(돌아이)는 나보다 앞섰다.

어느 날 은하는 이사를 간 집이 하숙집처럼 생겼다며, 여기서 여자와 남자가 같이 사는 하숙집 시트콤을 찍으면 좋겠다고 말하더니 다음 날부터 시트콤 시나리오를 썼다. 재미있는 일에 빠질 수 없기에 배역의 전사까지 써가며 내 캐릭터를 넣어달라고 했다.

"당연히 너는 나와야지, 무슨 (개)소리냐."

은하가 대답했고, 은하의 시나리오 속에는 이미 내가 있었다.

은하는 본인이 만든 영화 학회의 동료들과 후배들에게 부탁해 촬영 스태프를 모았고, 텀블벅을 통해 제작비를 벌었다. 술자리에서 장난스럽게 꺼냈던 '그 시트콤'을 정말 찍게 되었다. 촬영이 종료되고 난 뒤, 은하는 시트콤을 업로드할 유튜브 채널을 만들 것이라고 했다. 시트콤을 시작으로 본격적인 콘텐츠 제작 팀을 꾸린다고도 했다. 게다가 영화 학회의 동료들과 후배들이 팀에 합류할 예정이라는 구체적인 계획도 가지고 있었다.

나는 시트콤에 참여한 배우였을 뿐 콘텐츠 제작에는 참여하지 않았지만, 그 팀에 들어가고 싶었다. 무언가에 홀린 듯 팀에 들어가겠다고 말했다. 은하는 정말 구미가 당기게 말을 참 잘한다.

콘텐츠를 제작하고 싶은 사람이 모여 꿈을 실현하는 '소그노'의 멤버들은 그렇게 모이게 되었다. 소그노Sogno는 이탈리아어로 '꿈'이라는 뜻을 지녔다. 유튜브 채널 개설 당시 정한 이름은 '소그노 필름'이었다. 이후에 이름이 왠지 영화 제작사처럼 느껴져서 '필름'이라는 단어를 없앴고 지금의 소그노가 되었다. 유튜브 생태계를 잘 몰랐던 우리는 사실 유튜버가 될 생각은 없었다. 유튜버보다는 콘텐츠 제작자로서 다양한 기획을 하는 데 중점을 두었다. 일반인을 섭외해 토크 쇼를 진행하는 형식의 스낵 컬처 콘텐츠를 만들었다. 가끔 다큐멘터리를 만들기도 했지만, 우리의 목적은 오직 웃음이었다. 채널 정보에 포부를 적었다.

당신의 웃음을 책임질 배꼽 사냥꾼, 소그노 필름입니다.

제작비가 만만치 않게 필요했다. 당시에는 출연자에게 출연료를 챙겨주지도 못했는데 제작비는 늘 모자랐다. 그래서 멤버들은 한 달에 삼만 원씩 회비를 내기로 했다. 일은 노동 집약적이었는데, 노동뿐만 아니라 돈까지 쓴 것이다. 정확한 이유를 알 수는 없지만, 유튜브 수익 창출 신청을 해도 계속 승인이 나지 않았다. 즉 제작비는 고스란히 우리의 몫이었다는 의미이다. 돈을 내며 일한 지 일 년이 넘었을 때 외부의 지원을 받을 수 있었는데 마침 유튜브 수익도 발생했다. 그 후 육 개월 동안 회비를 더 냈다. 2019년 8월이 되어서야 더 이상 돈을 내지 않고 일을 할 수 있었다.

우리가 만들고 싶은 콘텐츠는 모두 만들기로 했는데, 그러다 보니 채널의 정체성이 모호해지는 문제가 일어났다. 정체성을 확립해야 채널이 성장할 수 있고 지속 가능하다고 판단했다. 그래서 삼 개월에 걸쳐 정체성을 확립하는 회의를 거듭했다.

팀원들 간의 공통점을 찾기 위해 노력했지만 쉽지 않았다. 회의가 빙빙 돌고 또 돌았다. 결국 우리 모두가 대학교 동문이며 페미니스트라는 공통분모를 가지고 있었기에, 이를 소그노의 정체성으로 삼자는 의견으로 좁혀졌다. 동일한 기조를 가진 페미니스트가 모인 것은 아니었지만, 여성을 위한 콘텐츠를 만드는 일에 동의하지 않는 사람은 없었다. 그렇게 소그노의 정체성이 정해졌다. 곧바로 채널 정보부터 바꾸었다.

당연한 것을 당연하지 않게, 새로운 세상을 꿈꾸는 소그노입니다. 소그노는 보다 넓고 건강한 공론장 형성을 위해 만들어진 여성 미디어 단체입니다.

웃음을 책임지겠다고 말하던 배꼽 사냥꾼은 어느새 여성 미디어 단체가 되었다.

뉴토피아: 새로운 세상

빻은 세상의 한 줄기 빛, 뉴토피아가 찾아온다.

'유튜브 최초 여성 예능'이라는 타이틀을 내걸고, 십 부작 웹 예능 「뉴토피아」를 방영했다. 유튜브 채널을 운영한 지 일 년 반이 지났을 당시 구독자가 일만 명 정도였는데, 「뉴토피아」 방영 후에는 구독자가 무려 팔만 육천 명이 되는 쾌거를 이루었다. 「뉴토피아」 역시 은하의 한마디에서 시작되었다.

"여자들만 나오는 예능을 만들고 싶어."

나는 망설이지 않고 대답했다.

"하자."

또 술을 먹다가 나온 이야기가 현실이 된 것이다. 정기 회의에서 이 아이템에 대해 이야기하자, 팀원들의 반응이 좋았다. 우선 각자가 하고 싶은 업무 그리고 할 수 있는 업무를 분담했다. 그다음은 출연자를 섭외할 차례였다. 최고의 화두는 '과연 사람들이 출연을 할까?'였다. 섭외 리스트에 있는 사람들 중 한 명을 제외하고는 모두 우리 채널보다 구독자가 많은 유튜버였다. 출연 여부를 확신할 수 없는 상황이었다. 그들이 우리의 제안을 받아들일지 걱정되었다.

총괄 기획자로서 출연자 섭외를 담당한 은하는 섭외를 하러 갈 때마다 팀원들을 붙잡고 물었다.

"이 사람들이 출연해 줄 가능성이 몇 퍼센트라고 생각해?"

어떤 일에도 크게 동요하지 않는 은하였지만 많이 긴장한 것 같았다. 하지만 은하는 정말 말을 잘한다. 섭외 리스트에 있는 사람을 전부 섭외했다. 섭외가 완료된 날, 이 콘텐츠가 성공할 것이라는 사실을 직감했다. 여러 명의 여성 유튜버가 모이는 최초의 콘텐츠이기 때문에 화제성은 따놓은 당상이었다.

실제로 그랬다. 「뉴토피아」의 포스터를 올리자 온갖 SNS와 커뮤니티에 우리의 이름이 거론되었고, 기대하는 목소리도 점차 커졌다. 본격적으로 방영이 되자, 실시간 시청자 수가 삼천 명을 웃돌았다. 그동안 쌓아온 소그노의 내공이 발휘된 순간이었다. 소그노는 대형 콘텐츠 제작을 성공적으로 이끌었고, 많은 사람으로부터 큰 성원을 받기 시작했다. 이로 인해 조회 수나 구독자 수가 열 배나 성장할 수 있었다. 엄청난 성과를 이루어 낸 것이다.

「뉴토피아」를 성공적으로 마쳤지만 시간이 지나면서 화제성은 줄어들었다. 영상의 조회 수는 크게 올라가지 않았고 구독자 증가 비율도 현저히 낮아졌다. 일만 명도 되지 않는 구독자로 버틴 시기도 있었지만 한번 상승세를 맛본 우리는 현상 유지를 하는 것에 만족할 수 없었다. 소그노만 할 수 있는 콘텐츠를 만들기로 했다. 「우리들의 비혼 다이어리」는 이 같은 생각에서 출발한 기획이다. 소그노 팀원 일곱 명이 일주일간 함께 살면서 비혼 라이프를 경험해 보는 관찰 예능이었다. 비혼 여성들에게 유의미한 호응을 얻었고 칠 부작으로 마무리되었다. 다시 어떤 콘텐츠를 선보여야 할지 고민만 하고 있을 때, 또 은하가 이야기했다.

“새로운 「뉴토피아」를 올해 안에 내고 싶어.”

“하자.”

우리는 또다시 여성 예능을 만들기로 했고, 더 발전한 모습으로 「신뉴토피아」를 선보이기로 했다. 이전보다 더 성장된 모습을 보여주어야 했기 때문에 부담이 되는 일이었다. 하지만 우리가 축적해 온 노하우로 이번에도 해내고 말겠다는 근성을 보이며 「신뉴토피아」를 제작해 방영했다.

구독자에게 항상 너그럽게 봐달라는 부탁을 하지만, 구독자를 실망시키지 않기 위해 내부적으로는 정말 너그럽지 않게 일하고 있다. 그래야 마땅하다고 생각한다. 소그노는 팀 내에서 철저한 검사 과정을 거치고 난 후에야 콘텐츠를 공개할 수 있는 시스템을 가지고 있다. 콘텐츠의 질에 대해 냉정하게 판단해야 하기 때문이다. 사람들이 소그노 콘텐츠에 기대를 표하는 만큼 또 소그노 팀원을 너그러운 마음으로 바라보는 만큼, 더 좋은 콘텐츠를 보여주고 싶다.

첫 번째 선언

"안녕하세요. 저는 페미니스트입니다. 제 말을 들었을 때 어떤 생각이 드시나요? 지금 여러분이 떠올린 그 생각 때문에 우리 팀이 존재해야 하는 것입니다."

사회적 기업가 육성 사업의 그룹 면접에서 했던 말이다. 나 자신을 페미니스트로 정의한 지는 꽤 오래되었지만, 여러 사람들 앞에서 페미니스트 선언을 한 것은 그때가 처음이었다.

나: 소그노는 성 인지 감수성을 갖춘 질 높은 영상을 만들고 있

습니다. 여성 미디어 전문가들의 자립을 돕는 기업입니다.

다른 그룹 소속 A: 그건 오히려 역차별이 아닌가요?

또 다른 그룹 소속 B: 장애인이나 동물은 왜 신경 쓰지 않는 것이죠?

그룹 면접에는 해당 사업에 지원한 팀이 모여 서로 질의응답을 주고받는 과정이 포함되어 있었는데, 그때 실제로 있었던 일이다.

태도는 예의 있고 말투는 조심스러웠지만 질문에는 날이 서 있었다. 보다 못한 면접관이 다른 팀에게 "질문을 하세요. 토론하지 마시고."라는 주의를 주며 중재에 나서기도 했다. 우리가 구체적으로 어떤 일을 하고 있는지 자세히 설명하기도 전에, 존재의 이유에 대해 반론을 제기하는 다른 팀의 모습은 내 승부욕을 자극시켰다. 절대 밀리지 않을 테다. (지금 여러분이 우리가 존재해야 하는 이유를 증명해 주신 것입니다만.)

평소 내 의견을 강력하게 피력하는 일을 꺼린다. 논쟁을 즐길 만큼 비평을 좋아하지도 않는다. 그러나 내가 하고 싶은 말은 기필코 하고 마는 성격이다. 내 말에 다른 사람이

동의하지 않아도 상관없다. 의견을 이야기할 뿐이지, 강요하는 것도 아니고 강요하고 싶지도 않다. 하지만 여성과 관련된 주제를 이야기할 때면, 내 말을 강요의 의미로 받아들이는 사람이 많다. 정치적인 의도를 가진 적이 없는데, 이미 나는 무척 정치적인 인물이 되어 있었다.

그날의 면접으로 인해 여성주의에 대한 주제가 쉽게 공격받을 수 있다는 사실을 처음 피부로 느꼈다. 절대 지고 싶지 않았다. 그래서 처음으로 공식적인 자리에서 발언한 것이다.

네, 저는 페미니스트입니다.

○ 대표가 되기까지

처음에 각자의 사비를 모아 소그노의 콘텐츠를 제작했기 때문에, 돈을 버는 것이 아닌 사비를 안 내고 콘텐츠를 만드는 것이 우리의 소원이었다.

외부의 지원을 받을 수 있는 방법을 본격적으로 알아보기 시작했다. '2019년도 사회적 기업가 육성 사업 5,000만 원 지원!'이라고 적혀 있는 포스터를 보자마자 지원했다. 나는 감투가 욕심났다.

"대표자는 내가 할게."

사회적 기업가 육성 사업에 합격한 후 지원금을 받으면

서 계약서를 썼다. 계약 조건 중 가장 중요한 항목은 법인 사업자 등록을 해야 한다는 것이었다. 창업 지원을 받는 형태였는데, 반드시 법인 사업자이어야 한다는 조건이 있었다. 다른 선택지는 없었다.

다행히 주어진 상황에 잘 적응하는 편이었기 때문에 별 불만 없이 법인 사업자가 되기 위한 과정에 돌입했다. 법인 기업을 설립하기 위해서는 자본금이 있어야 했다. 굉장히 기본적인 내용이지만, 기본의 기본조차 몰랐다. 나를 비롯한 소그노 멤버는 당시 모두 학생이었다. 자본금이라고 할 만한 돈을 모을 수 있는 뚜렷한 방도가 없었다. 사업 자본금은 자고로 몇백… 아니 몇천만 원은 있어야 되는 것이 아닌가? 법인 기업을 설립하지 못할 수도 있다는 생각에 막막했다.

법인 기업은 개인의 소유가 아니며 오히려 유기체에 가깝다. 얘(법인 기업) 앞으로 나오는 세금이 내가 개인적으로 내는 세금과 맞먹는다. 만약 법인 기업에 부과되는 세금을 안 내거나 문제가 발생하면 책임은 대표의 몫이다. 팔자에 없던 자식이 생긴 기분이 들었다. 법인 기업이 존재하기 위해서는 내가 벌어 먹이거나 아니면 얘가 돈을 벌게끔 키워야 했다. 일단 탄생시켰으니 책임져야 하는 상황이었다.

처음에는 자신만만했다. 그동안 닥치는 대로 살았고 눈앞에 펼쳐진 일을 처리하며 쌓은 내공이 있다고 자부한 나는 법인 기업을 설립하는 일도 그간 해왔던 일과 별반 다르지 않을 것이라고 생각했다. 하지만 생각처럼 녹록지 않은 수준을 넘어 가혹하기까지 했다. 모르는 말로 가득 채워져 있는 서류를 끊임없이 작성해야 했고, 애석하게도 사수 한 명 없었다. 유일한 내 사수는 '구글'이었다.

보통 '내가 이걸 왜 하고 있지?'와 같은 사고는 일에 착수하기 전에 하는 편이다. 본격적으로 일을 시작한 이후에 이 같은 고민을 한다면 괜히 슬퍼지고 자기 연민에 빠지기 십상이기 때문이다. 하기로 결정했다면 일단 하는 데 전념하는 것이 낫다. 끝나고 나서야 의미를 알 수 있는 일도 많을뿐더러, 일을 제대로 해보기 전까지는 득이 될지 실이 될지 아무도 모르는 법 아니겠는가. 즉 지금 하고 있는 일이 훗날 커리어가 될지 아니면 안 좋은 기억이 될지는 해봐야 아는 것이다. 법인 기업 설립을 준비하는 내내 매일 주문처럼 되뇌었다.

'하기로 했으니 책임을 지거라. 넵!'

마침내 2019년 8월 법인 기업을 설립했다. '주식회사 소그노영상제작소.' 사회적 기업가 육성 사업의 지원을 받은 지 오 개월 만의 일이었다. 법인을 설립하기만 하면 끝인 줄 알았는데 이것은 시작이었다. '사회적 기업가'를 키우는 것이 이 지원 사업의 주목적이었다. 기업이 목적이 아니라 사람이 목적이었다. 지원을 계속 받기 위해서는 자의로든 타의로든 사회적 기업가가 되어야 했다.

정말 혼란스러웠다. 애초에 소그노 멤버들은 창업을 위해 모인 사람들이 아니었다. 더욱이 영상을 제작하는 업무는 이전까지 상상해 본 적도 없는 사람들이었다. 모든 일이 생소하고 어려울 수밖에 없었다. 방황하던 중에 컨설팅 프로그램에 참여할 기회가 생겼다. 그때 만난 멘토님이 기업이 추구하는 방향성과 대표가 가지고 있는 가치관이 다르면 일을 하기가 힘들 것이라는 조언을 해주셨다.

다시 만난 멘토님은 또 다른 조언도 해주셨다.

"먼저 대표님과 팀원들의 자립이 가능하도록 만들 수 있다면, 그것만으로도 소그노의 존재 이유는 충분하다고 생각해요. 대표님도 여성 미디어 전문가이잖아요. 그러니까 대표님이 자립하는 것부터 시작해 보세요."

이 말을 들은 나는 새로운 전환점을 맞이하게 되었다. 대학원 조교 일을 그만두고 사회적 기업가 육성 사업에서 추진하는 교육 및 컨설팅 프로그램에 적극적으로 참여하기로 한 것이다. 진심을 다해 사회적 미션을 실현하고 싶었고 경제적 자립이 가능한 기업을 만들고 싶었다. 사회적 기업가 육성 사업. 제대로 이름값을 했다. 난 정말 육성되고 있었다.

소그노는 위계가 분명한 팀이 아니었다. 아무리 대표라도 나에게는 내 마음대로 결정할 수 있는 권한이 없었다. 하나의 안건을 토의하려면 정기 회의까지 기다려야 했고, 어떤 결정이든 일주일 이상 걸렸다. 나는 사실상 대표가 아니라 대표자로 등록된 팀원일 뿐이었다. 이는 날 점점 힘들게 만들었다. 뜻밖에 기업가 마인드가 생겨버렸기 때문이다.

더는 이대로 지속할 수 없다고 판단했다. 정기 회의에서 내가 고민하고 있는 부분을 설명했고, 사업을 하는 데 있어서만큼은 내가 정말 소그노의 대표이고 싶다고 말했고, 잘할 수 있으니 믿고 맡겨주면 좋겠다고 부탁했다. 꽤 힘들게 꺼낸 이야기였지만 팀원들은 너무나 흔쾌히 나의 제안에 동의해 주었다. 덕분에 난 진짜 대표가 될 수 있었다. 법인 기업을 설립한 지 이제 일 년 반이 지났다. '대표'라는 타이틀은 내 프로필의 첫 줄을 차지하게 되었다.

사업의 이유

소그노영상제작소는 2019년 11월 '여성가족부형 예비 사회적기업'으로 지정되었다. '예비'라는 단어가 붙어 있으니, 사회적 기업의 전 단계 정도라고 생각하면 된다.

사회적 기업이 진행하는 사업은 사회적 미션을 이룰 수 있는 일과 연관되어야 한다. 소셜 미션이 가장 중요한 만큼 이를 정하는 데 굉장히 오랜 기간이 걸렸다. 우리의 소셜 미션은 성 인지 감수성을 갖춘 영상을 제작하고 배급해, 건강한 공론장을 형성하고 여성 미디어 전문가들의 자립을 돕는 것이다.

오로지 이익 창출 목적으로만 사업을 한다면 그 사업을 유지하기 힘들 것이다. 그건 내가 원하는 바가 아니기 때문이다. 솔직히 말하자면, 법인 기업을 운영하기 위해 꼭 해야 하는 대부분의 업무는 재미가 없다. 특히 서류 작업은 지긋지긋하다. 하지만 업무의 절반 이상이 서류 작업이니까, 보통 하기 싫은 일을 계속하고 있다고 해도 무방하다. 하지만 소셜 미션을 이루기 위해서는 반드시 해야 하는 일이다. 하고 싶은 한 가지의 일을 위해 지루한 여러 가지의 일을 꾸역꾸역 해나가고 있는 중이다.

처음 해보는 일투성이라 막막할 때도 많다. 잘못되면 내 탓, 잘되면 동료들 덕분이라고 생각한다. 그렇기 때문에 계약서에 인감을 찍을 때마다 종이 몇 장에 담겨 있는 무게감이 굉장히 무겁게 느껴진다. 잘할 수 있다고 판단되는 일을 의뢰받으면 맡아서 진행하지만, 잘할 수 없다고 느껴지는 제안은 거절한다. 과분한 일이 들어오면 다른 업체를 찾아보라는 권유를 하기도 한다. 오히려 제안을 준 상대측이 이참에 새로운 사업도 해보라는 권유를 한 적도 있다. 맞는 말이라며 고개를 끄덕이다가도 무작정 수락하지 않는 것으로 마음을 다잡는다. 그 이유는 우리가 내놓는 결과물은 온전히 우리만의 것이 아닐 수도 있다고 생각하기 때문이다. 이전에 선배들이 쌓은 업적에 누가 되고 싶지 않다. 또 앞으로 생겨날 후배들도 있을 텐데, 이들에게 폐를 끼치고 싶지 않다.

충분히 준비가 되면 기업의 규모를 키울 생각도 있지만, 지금은 적기가 아니라고 생각한다. 아직 작은 규모인 데다, 소그노의 유튜브 채널 인지도에 비해 소그노영상제작소의 인지도는 약소한 수준이다. 한편 기업을 성장시키고 싶은 가장 큰 이유는 많은 여성 미디어 전문가들이 이곳에서 돈을 벌어갈 수 있길 바라기 때문이다. 일부러 여성 미디어인을 고용하고 있으며 사업을 진행할 때는 최대한 여성 스태프로만 구성한다. 미디어 업계 종사자 중 여성의 비율은 현저히 적고, 실제 촬영에 돌입하면 여성을 찾아보기가 더욱 힘들다. 전 스태프가 여성인 업무 현장을 보여주고 좋은 성과를 내는 것만으로도, 미디어 업계 내 여성의 입지를 넓히는 데 작은 도움이 될 것이라고 믿는다.

물론 이타적인 의도만 가지고 기업을 운영하고 있는 것은 아니다. 소그노영상제작소가 지속하기 위해서는 나와 내 동료들이 먼저 자립을 해야 한다. 그래야 그다음이 있다고 생각하기 때문에 지금은 우리가 잘되고자 일하고 있다. 여러 도움을 받으며 배우고 있고 또 성장하고 있다. 무슨 일이든 믿고 맡길 수 있는 실력 있는 기업이 되고 싶다.

◦ 서로의 디딤돌이 될 수 있다면

원래 친구 사이였던 은하를 제외하고 다른 소그노 멤버는 모두 초면이었다. 나 빼고는 서로 아는 사이였다. 기억이 흐릿하지만 꽤 오랫동안 존댓말을 사용하며 일을 했었다. 나는 가장 연장자에 속하지만 처음부터 멤버들을 동생이라고 생각하지는 않았다. 오히려 배워야 할 부분이 많은 입장이었기 때문이다. 상당한 업무량을 자랑하는 소그노의 일을 진행하기 위해서 우리는 함께 있는 시간이 많아졌고, 점차 동료보다 친구 사이에 가까워졌다. 각자의 고민을 나누게 되었고 어떤 생각과 신념을 가지고 있는

지도 알게 되었다. 개성이 강한 일곱 명이 한 팀에 있다는 사실이 신기할 정도로 우리는 달랐다.

팀을 잘 운영하기 위해서는 하나의 목표와 슬로건, 비전 등을 가지는 일이 중요하다. 하지만 언제나 일곱 명의 입장을 모두 만족시킬 수 있는 선택이나 결정을 하는 일은 녹록지 않다. 그래서 늘 절충안이 최선의 방향성이 되었다. 함께 만들어가는 일이기에 절충하는 것이 옳다고 생각했고, 우리는 이를 받아들이기로 했다.

종종 소그노의 마지막을 이야기할 때도 있다.

"우리가 언제까지 함께할 수 있을까?"

결론은 항상 똑같다. 지금은 해야 할 때라는 것. 소그노가 영원할 것이라고 생각하지는 않는다. 빠르게 변해가는 각자의 상황과 생각, 이에 외부적인 요인까지 더해져 서로를 보내야 할 때가 올 것이다. 유종의 미를 보여줄 수 있도록 마무리까지 책임감 있게 해내고 싶고, 이를 위해 지금 최선을 다할 뿐이다. 영원할 것이라는 착각은 중요한 순간을 놓치게 만들 수 있다. 반면 끝을 염두에 두는 것은 더 충실하게 현재에 임할 수 있는 힘을 가져다준다. 후회가 남지 않고 이만하면 잘했다는 마음이 드는 마지막이 올 것이라고 생각하며, 오늘도 여전히 소그노 일을 하고 있다.

소그노의 지난날을 칭찬하고 싶다. 어렸을 때 상상했던 청년의 모습을 소그노 안에서 볼 수 있었다. 다들 진취적이었고 열정적이었다. 부족한 면을 인정하고 채워나가려고 노력했고, 성과를 이루어 낼 수 있었다. 소그노를 통해 많이 배웠고 성장했다. 내가 그랬듯, 다른 멤버들에게도 소그노가 자신을 성장시킨 디딤돌이었으면 좋겠다.

○ 맞팔하실래요?

늘 원탁에 앉아서 일을 해왔다. 원탁에 앉아 있는 사람이라면 누구나 의견을 낼 수 있는 집단에서 일을 해온 것이다. 대학생 때 속해 있었던 안무 팀에도 리더가 없었고 소그노 팀에도 리더는 없다. 모두가 리더가 되어 주인 의식을 가져야 한다는 주장을 펼치는 것은 아니다. 다만 모두가 기꺼이 서로의 '팔로워'가 되어줄 자세는 필요하다고 본다. 즉 팀 내 '선팔'과 '맞팔'이 잘 이루어져야 한다.

리더와 팔로워는 상하 관계가 아니다. 하지만 수직적인 문화를 지닌 한국 사회에서 나고 자란 사람들이 모였을 때

수평적인 문화를 유지하는 것은 말처럼 쉽지 않다. 직급이 정해지면 더욱 어려워진다. 만약 직급이 없더라도 나이에 따라 위아래를 구분 짓는 경우도 많다. 이러한 이유로 나는 여러 사람이 모여 일을 할 때 의도적으로 리더를 만들지 않는 시스템을 선호했다. 리더가 없는 상태에서 체계마저 없다면 시행착오를 겪기 마련이다. 그래서 무엇보다 체계를 갖추는 것을 중요하게 생각한다. 일을 처리하는 방식, 책임을 묻는 방식, 업무를 분배하는 방식 등 정해야 하는 내용이 많다. 소그노 역시 수많은 시행착오를 겪으면서 체계를 정비해 왔다. 물론 아직도 정비 중이다.

효율성만 따지면 직급과 규칙이 있는 것이 낫다. 하지만 소그노는 이를 정하는 것 자체가 어려웠다. 사적 관계에서 "우리 이런 거 해보면 어떨까?"라는 말로 일을 시작했기 때문에, 각자가 어떤 일을 잘하는지 우리가 어떻게 일을 해야 하는지 빠르게 파악할 수 없었다. 친구가 동료가 되기도 하고 동료가 친구가 되기도 했으며, 공과 사 사이의 어디쯤을 줄타기하며 일을 추진했다. 하지만 공과 사를 구분해야 했다. 그래서 운영 초기에는 규칙을 만드는 데 집중했다.

'한 사람당 한 달에 두 개의 영상 편집을 담당한다.'

'정기 회의는 반드시 참석해야 한다.'

이러한 규칙을 수호하기 위해 상벌제를 만들었다. 처음에는 '상'을 줄 수 있는 상황이 아니라 '벌'만 존재했다. 가난한 대학생과 대학원생으로 이루어진 집단이었기에 상벌제, 아니 벌금제는 규칙을 지키는 데 꽤 효과적으로 작용했다. 정신적인 스트레스를 받기도 했지만, 팀이 유지되기 위해서는 필요한 부분이라고 여기며 이 년 동안 벌금제를 유지했다. 하지만 시간이 지날수록 채찍만 가하는 규칙에 문제가 있음을 느꼈고, 당근도 함께 주는 방식으로 규칙을 개정했다.

'마감 기한에 맞추어 편집을 하면 공금에서 소액의 비용을 지불한다.'

당근의 달콤함은 오래가지 못했다. 애초에 가장 중요한 요소는 동기 부여이다. 과거에는 가난한 학생들이었지만, 이제는 어엿한 직장을 다니는 사람도 있었고 혹은 프리랜서로 일을 하며 밥벌이 정도는 해내고 있었기 때문에 소액의 비용은 동기 부여 요소가 되지 못했다.

정기 회의에 모여 우리가 소그노의 일원으로서 함께 일을 하고 있는 근본적인 이유에 대해 고민했다. 복합적인 원인이 있을 것이고 각자 사정은 달랐지만, 우리 모두는 소그노 채널을 운영한다는 자부심이 있었다. 또 이 일에 의미를 느끼고 있었다. 번아웃에 빠지지 않는 것, 이는 우리의 지향점이 되었다. 지치지 않고 일하기 위해서는 규칙에 얽매이기보다 효율을 높일 수 있는 방법을 구상해야 했다.

나는 공과 사의 구분을 중요시했다. 공적인 일이 사적인 일에 영향을 주지 않길 바랐고 반대의 경우도 마찬가지였다. 하지만 아무리 노력해도 완벽하게 공과 사를 구분하는 것은 힘들다는 사실을 깨달았다. (그래, 이성과 감성이 완전히 분리되면 사람이 아니지.) 인정할 것은 인정하기로 했다. 공과 사를 구분하는 데 치중하지 않고 업무가 원활하게 진행되는 데 집중하기로 한 것이다.

우리는 담당자와 팔로워를 정했다. 리더는 없지만 담당자는 분명하게 지정하고, 담당자를 보조할 팔로워도 지정했다. 이때, 팔로워는 담당자의 의견과 진행 방식을 존중하되 적절한 조언과 건전한 비판을 담당했다. 예를 들어 「뉴토피아」의 경우, 제작 팀, 촬영 팀, 홍보 팀, 디자인 팀, 편집 팀으로 부서를 나누었고 각 팀의 담당자를 두었다. 각 팀은 개별적으로 업무를 진행했으며, 팀 간의 소통을 원활하게 연결하는 역할은 총괄 기획자가 담당했다. 일곱 명이라는 소수의 인원으로 큰 프로젝트를 진행하다 보니, 나는 홍보 팀의 담당자이자 동시에 편집 팀의 팔로워이기도 했다.

소그노 내에는 서로를 끌어주는 형태가 아닌 서로를 따라주는 문화가 형성되었다. 서로를 따를 수 있는 업무 환경을 만들기 위해서는 자기 객관화는 물론 동료에 대한 정확한 평가가 선행되어야 했다. 이 과정을 통해 우리는 서로가 잘하는 것이 무엇인지 알게 되었다. 또 자신이 무슨 일을 맡아야 하는지도 알게 되었다. 덕분에 누가 시키지 않아도 저마다 자기의 일을 찾아서 했고, 서로를 '맞팔'했다. 이는 업무의 효율성을 증가시키는 결과로 이어졌다.

소그노는 실제로 일을 잘하는 팀이다. 일을 잘하게 되기까지의 과정은 분명 복잡했다. 셀 수도 없는 규칙이 생성되고 없어졌으며, 셀 수도 없는 시간 동안 치열하게 의견을 나누었다. 지금은 업무 프로세스가 안정적으로 자리 잡았다고 생각하지만, 필요한 경우 언제든 개편할 준비도 되어 있다.

○ ## 동료들과 함께

사수나 선배가 있는 환경에서 일을 해본 적이 거의 없다. 늘 동료들과 일을 벌이며 살았기 때문이다. 다행히 동료들에게 일을 배우는 것이 좋았다. 동료가 가진 능력과 센스를 보며 내 것으로 만들고 싶었고, 이 과정에서 많은 것을 배울 수 있었다.

소그노에서도 마찬가지이다. 각기 다른 생각과 장점을 가진 여섯 명의 동료가 있기에, 늘 그들에게 배우고 있다. 지금은 익숙해진 영상 업무도 이들 덕분에 배운 것이나 다름없다. 소그노에 처음 들어왔을 때만 해도, 나는 한 번도 온라인 콘텐츠를 만들어본 경험이 없었다. 특히 촬영이나 편집 업무를 해본 적이 단 한 번도 없었다. 소그노 멤버 대부분은 영화 학회 출신이었기 때문에 영상을 촬영하고 편집하는 과정에 비교적 익숙했고, 나는 이들을 보면서 전반적인 업무 프로세스를 터득할 수 있었다.

정기 회의에서는 내가 알아듣지 못하는 전문 용어가 자주 언급되기도 했다. 대놓고 물어보기는 부끄러워서, 인터넷으로 검색해서 회의를 따라가기도 했다. 카메라를 오토 모드로 설정하고 촬영을 시작하려는 나를 보고 기함하던 지혜(소그노 엔지니어이자 촬영 팀장)의 모습이 아직도 눈에 선하다. 고맙게도 멤버들은 힘들어하는 나를 붙잡고 기초적인 용어부터 차근차근 설명해 주기도 했다.

우리 중에는 미디어 전공자도 있지만 대부분 아니다. 그렇기 때문에 내부적으로 실력을 키우기 위한 노력을 기울였다. 그 일환으로 촬영 워크숍을 열기도 했다. 회의 전에 다 같이 모여서 카메라의 구도와 카메라 사용법, 화이트 밸런스와 노출 등 기초적인 지식을 공유하는 자리였다. 편집과 디자인을 잘하는 멤버는 본인이 만든 자막 디자인 템플릿을 공유했고, 새로운 편집 기술을 알려주기도 했다. 좋은 콘텐츠를 보고 함께 이야기했으며 편집 프로그램 관련 인터넷 강의를 결제해 수강하기도 했다. 제일 뒤처져 있던 나는 보고 듣고 배우느라 정신이 없었다. 소그노는 함께 성장했다.

실력을 높이는 가장 확실한 방법은 일단 해보는 것이다. 만날천날 보고 있기만 해서는 실력이 늘지 않는다. 유튜브 채널에 영상을 하나 올릴 때마다 영상의 질이 조금씩 좋아졌다. 모두가 머리를 싸매고 만들었음에도 불구하고, 과거의 영상을 지금 다시 보면 아쉬운 부분이 눈에 띈다. 학원에 다니거나 회사에 들어가 영상 제작 방법을 정식으로 배웠다면, 지금보다 훨씬 빨리 혹은 더 많이 실력이 향상되었을지도 모르겠다. 하지만 지금의 성취감을 느끼지는 못했을 것이다.

카메라를 오토 모드로 설정하는 실수를 저지르고, 편집 프로그램이라고는 윈도우 무비 메이커만 사용했던 내가 동료들을 만나 미디어 기업 대표가 될 수 있었다. 어느덧 내가 촬영 워크숍을 진행하고 콘텐츠를 검수하기도 한다. 물론 내 노력도 있었지만, 이게 다 소그노 멤버들 덕분이라고 생각한다.

나 여기 있고 너 거기 있지

가끔 유튜브 채널의 구독자를 만나면 감사하다는 인사를 받기도 한다.

"잘 보고 있어요. 늘 고맙습니다."

감사 인사를 받는 일은 익숙하지 않다. 사람들이 고마워하는 이유에 대해서 곰곰이 생각해 보았다. 얼굴을 내보이며 여성을 위한 콘텐츠를 제작하고 있기 때문이 아닐까.

나는 오히려 과분한 응원을 보내주는 구독자분들에게 감사함을 느낀다. 내가 보답할 수 있는 방법은 좋은 콘텐츠를 제작하는 일이라고 생각한다. 잘할 수 있는 일, 그러니까 영상과 춤으로 이야기를 전달하고 싶다.

복합 문화 공연 서울 우먼스 플레이그라운드SWOP: Seoul WOmen's Playground에서 안무 단장을 맡은 적이 있다. 본격적인 무대를 구성하기 전에 작품의 메시지를 정하고 싶었다. 여성에게 용기를 줄 수 있는 무대이길 바랐는데, 이를 어떤 키워드로 표현하면 좋을지 며칠을 고민했다. 가장 먼저 떠오른 단어는 '탈코르셋'이었다.

탈코르셋이 지닌 의미가 궁금해졌다. 사회적·문화적·정치적 목적이 포함된 사전적 정의가 아니라, 개인에게 각각 어떤 의미인지 알고 싶었던 것이다. 누군가는 탈코르셋을 통해 만족감을 얻는 반면 또 다른 누군가는 박탈감을 느꼈다. 탈코르셋은 자신을 위한 일일 수도 있고 신념을 위한 일일 수도 있다. 탈코르셋을 선언하고 난 후의 삶은 저마다 달라졌을 것이다. 정말 다들 괜찮은지 궁금해졌다. 한참 탈코르셋 열풍이 일었다가 점차 식어가고 있었는데, 오히려 이 시기가 탈코르셋을 이야기하기에 적합한 때라고 판단했다. 탈코르셋을 주제로 무대 작품을 만들기로 결정했다.

나는 개인적으로 탈코르셋이 주는 가장 주요한 가치가

'연대'라고 생각한다. 탈코르셋을 통해 같은 뜻을 가지고 살아가는 사람들이 있다는 것을 보여줄 수 있기 때문이다. 연대가 지닌 의미를 단지 춤으로 표현하는 데 그치지 않고 보다 구체적으로 가시화할 수 있는 방법을 고민했다. 여성들이 무대 위로 올라온 다음 춤을 선보이고 동시에 영상을 함께 사용해 무대를 구성하는 아이디어를 떠올렸고, 다음과 같은 메모를 적었다.

> 색조 화장, 색기, 경국지색. 세상은 '색'의 프레임으로 우리를 가두고 멍들게 했다. 이제 우리는 색을 벗어던지고 진정한 나를 찾는다. '나'의 옆에는 수많은 '나'가 있고 너와 내가 만나 우리가 된다. 낮은 목소리로 세상에 말한다. This is me, 이게 나야.

'색'을 사회가 부여한 여성성, 편견, 차별로 설정한 다음, 색을 입었다가 벗는 행위와 여성이 연대하는 과정을 춤으로 그리는 작품을 만들기로 했다. 이 작품의 이름은 「디스 이즈 미This is me」였다. 작품에 사용할 노래도 「디스 이즈 미This is me」로 정했다. 무대 위에 있는 여성들이 온갖 물감으로 더럽혀진 옷을 찢는 퍼포먼스를 보여주고 나면, 무대 뒤에 있는 대형 스크린에서 다른 여성들의 얼굴이 나오기를 원했다.

이 작품을 완성하기 위해 SNS에 게시물을 올렸다. 이 게시물은 트위터와 인스타그램을 통해 여러 사람들에게 공유되었고, 카카오톡의 오픈채팅방과 커뮤니티를 통해 지원자를 모집했다. 실제로 백 명의 출연자가 모였다.

디폴트 여성 100명 인터뷰 **출연자 모집**

안녕하세요. 허휘수입니다. 디폴트 여성 가시화를 위한

'디폴트 여성 100명 인터뷰' 프로젝트를 진행하게 되었습니다.

여성들에게 용기를 주는 영상을 제작하고 싶습니다.

부디 함께해 주시면 감사드리겠습니다.

영상의 일부는 서울 우먼스 플레이그라운드 공연에 쓰이며,
본 영상은 유튜브 채널 소그노에 업로드됩니다.

인터뷰 질문은 다음과 같습니다.

1. 자신에게 하고 싶은 한마디

2. 여성들에게 하고 싶은 한마디

3. 세상에 하고 싶은 한마디

인터뷰 중에 추가 질문이 있을 수 있습니다.
많은 여성분들의 참여를 기다리고 있겠습니다. 감사합니다.

삼 일간에 걸쳐 매일 열한 시간씩 여성들과 인터뷰를 진행했고, 이 모습을 카메라에 담았다. 지인들이 촬영 대기실 관리를 도와준 덕분에 나는 촬영에만 집중할 수 있었다. 인터뷰의 핵심 질문은 네 가지였다. 탈코르셋을 하게 된 계기, 자신에게 하고 싶은 말, 여성들에게 하고 싶은 말, 세상에 하고 싶은 말.

여성들이 탈코르셋을 하게 된 계기는 다양했다. 그중 기억에 남는 출연자가 있다. 직업이 교사였는데, 머리를 짧게 자른 후에 다른 화장은 하지 않았지만 밋밋한 얼굴이 부끄럽다고 생각되어 속눈썹 연장 시술을 받고 립스틱만 바르고 다녔다고 했다. 그런데 수업을 듣는 학생들이 립스틱은 어느 브랜드의 제품인지, 속눈썹 연장 시술의 가격은 얼마인지 묻는 것에 충격을 받고 탈코르셋을 결심했다고 밝혔다. 모든 꾸밈을 멈추지 않으면 의미가 없다는 사실을 깨달았다는 말도 덧붙였다. 나는 그 출연자가 담당하고 있는 학생들의 나이를 물었다. 초등학생이라고 했다. 사실 초등학생일 것이라고는 상상도 하지 못했다. 카메라 뒤에 있던 나는 진실을 마주한 기분이 들었고 아찔하기까지 했다.

인터뷰에서 주고받은 모든 이야기를 하나도 편집하지

않고 그대로 내보내고 싶을 정도로 출연자들의 이야기는 소중한 내용이었으며, 이를 한순간도 잊을 수 없다.

마침내 백 명의 인터뷰가 담긴 영상이 준비되었다. 서울 우먼스 플레이그라운드 공연 당일, 대형 공연장에는 여성 관객만 앉아 있었다. 관객 한 명 한 명에게 프러포즈한다는 생각으로 제작한 영상이 드디어 공개되었다. 관객이 마치 편지를 읽고 있는 듯한 기분을 느끼길 바랐다. 내 바람이 통했던 것일까, 많은 관객이 눈물을 흘렸다.

공연에서 다 보여주지 못한 부분을 유튜브 채널에 올리기로 했다. 탈코르셋을 하라고 강요하거나 혹은 탈코르셋을 하면 좋다는 권유의 메시지를 담으려는 의도는 없었다. 그저 백 명의 이야기가 한 사람의 이야기처럼 보일 수 있도록 편집하는 데 초점을 맞추었다. 또 주위에서 쉽게 접하지 못한 페미니스트와 대화하는 듯한 느낌을 전해주고자 했다.

사십 분짜리 영상에 백 명의 이야기가 담겼다. 이를 이천 명 정도의 시청자가 실시간으로 함께 보았으며, 댓글을 통해 서로에게 용기를 주고받았다. 백 명은 많아 보이기도 하지만 또 적어 보이기도 한다. 즉 완전하게 보이기도 하고 불완전하게 보이기도 한다. 하지만 내가 여기 있고 네가 거기 있다는, 우리가 함께 있다는 사실을 보여주기에 가장 효과적인 인원이었다고 생각한다.

'디폴트 여성 100명 인터뷰' 프로젝트는 전 과정이 연대로 진행되었다. 혼자서는 해낼 수 없는 일이었기 때문에, 이 프로젝트가 가진 의미에 공감하는 모든 사람이 함께 만든 것과 다름없었다. 서울을 비롯한 전주, 인천, 부산 등 전국에서 모인 여성들의 참여 덕분에 잘 마무리할 수 있었다. 연대를 가시화하고 싶다는 목표가 이루어진 것이다. 영상과 춤이 아닌 과정으로 말이다. 모두의 도움 덕분이었다.

백 명이 한자리에 모인 것은 정말 대단한 일입니다. 처음에 이 인터뷰를 기획했을 때는, 백 명을 모을 수 있을 것이라고 생각하지 못했습니다. 하지만 백 명의 여성이 한자리에 모인 모습을 보고, 말로는 형용할 수 없는 감정이 들었습니다. 여러분의 이야기를 직접 담을 수 있어서 정말 영광이었습니다.

스무 시간이 넘는 촬영 분량을 편집해 하나의 영상으로 만드는 작업이 쉽지는 않았지만, 제가 이 작업을 하고 있다는 사실 자체만으로도 행복했습니다. 제가 이 같은 경험을 할 수 있도록 도와주신 백 명의 여성분들에게 진심을 담아 감사의 말씀을 드리고 싶습니다.

여러분의 이야기는 우리 모두의 이야기입니다. 또 우리는 늘 함께한다는 것을 보여주었습니다. 모든 여성들의 행보를 응원하고 지지하겠습니다. 정말 감사합니다.

_허휘수 드림

◦ 칵테일 바의 서막

은하는 대학교 부근의 칵테일 바에서 아르바이트를 했었다. 당시 나는 카페 아르바이트를 하고 있었는데, 믹서에 숟가락을 넣고 돌려버린 사건으로 해고당한 상태였다. 어이없는 실수에 나는 요식업에 맞지 않는 사람이라고 생각하며, 새로운 아르바이트 자리를 알아보고 있었다. 마침 은하의 추천으로 칵테일 바에서 같이 일하게 되었다. 칵테일 제조 방법을 배우면서 일할 수 있다는 것이 매력적이었다. 잘 배운다면 집에서 칵테일을 만들어 먹을 수 있다는 기대감도 들었다.

여대 앞이었기 때문에 여성 손님이 많았다. 칵테일 한 잔을 두고 이야기를 나누는 손님도 많았다. 이전까지 바에 대한 인식이 좋지 않았는데, 아르바이트를 하면서 생각이 바뀌었다. 그럼에도 불구하고 새벽까지 술을 파는 가게이다 보니 사건이나 사고가 끊이지 않았다. 무례하거나 폭력성을 보이는 손님을 제지해야 했고 사장님이 나서도 해결할 수 없을 때는 경찰을 부르기도 했다. 이 같은 일이 발생될 때마다 가게 안에 있는 여성 손님들은 두려움에 떨어야 했다. 여성들이 걱정 없이 술을 마실 수 있는 공간이 필요하다는 생각이 들었다.

은하는 언젠가 본인의 가게를 차릴 것이라고 말했다. 여성을 위한 칵테일 바를 열고 싶어 했다. 나는 가끔 아르바이트를 하러 가겠다는 말로 그의 목표를 응원했다. 은하는 정말 가게를 차릴 기세였다. 가끔 목 좋은 자리가 매물로 나오면 "돈만 있으면 내가 바로 계약하는 건데…."라고 말하며 아쉬워했다. 미식가인 은하가 운영하는 가게는 믿고 갈 수 있을 것 같았다. 요식업은 사장님의 손맛이 중요한 법인데, 은하는 손맛도 있었다. 은하가 만들어 준 위스키 하이볼이 가장 맛있었으니까. 또 은하는 아르바이트생이었을 때도 새로운 레시피를 만들어 메뉴에 추가하기도 했다. 일련의 상황을 종합했을 때, 은하는 미래의 칵테일 바 사장님이 될 것이 분명했다. 그 당시까지만 해도 내가 은하와 동업을 해서 함께 칵테일 바의 사장이 될 것이라고는 예상하지 못했다.

◦ 스튜디오 포비피엠

「뉴토피아」 촬영으로 만난 강민지와 서솔의 첫인상은 예의가 바르고 일을 잘한다는 것이었다. 이전부터 나는 이 두 명이 운영하는 유튜브 채널 '하말넘많'의 애청자였다. 하지만 일로 만난 사이였기에 거리감이 느껴졌다. 촬영장 안에서 같이 밥을 먹고 이야기를 해도 카메라가 돌아가고 있었기에 어디까지나 '일'을 하고 있는 상황이었다. 내심 다른 이야기도 더 해보고 싶었지만 그들에게 부담이 될까 망설이며 선뜻 이야기를 꺼내지 못했다.

추가 촬영을 진행하기 위해 은하와 민지, 서솔 그리고

나까지, 네 명이 모인 적이 있었다. 계획했던 추가 촬영이 끝나자 늦은 시간이 되었다. 서로 어떻게 이 자리를 끝내야 하는지 눈치를 보고 있었다. 막차 시간이 될 때까지 함께 있을 만한 사이가 아니었기 때문이다. 눈치껏 이제 가야겠다고 말해야 했지만, 나는 그냥 눈치 없는 척을 했다.

"술 한잔 더 해요."

새벽까지 이야기를 하다가 집에 갔다. 그날을 시작으로 우리는 거의 매주 만났다. 당시 네 명 모두 글을 쓰고 있다는 이유로 글쓰기 모임을 만들었고, 그 핑계로 일주일에 한 번 이상 모였다. 자신이 어떤 생각을 하고 있는지, 또 앞으로는 어떻게 살고 싶은지에 대해 이야기했다. 비슷한 일을 하고 있어서 쉽게 공감대가 형성되었고, 무엇보다 배포가 비슷했다. 모두 일 벌이는 것을 좋아했고 실행력은 물론 실력까지 있었다.

처음부터 특별한 일을 함께 도모하려는 목적을 가진 것은 아니었다. 단지 같이 이야기하는 것이 재미있어서 다양한 이야기를 나누었을 뿐이다. 창업에 대한 이야기, 오랫동안 시도하지 못한 꿈에 대한 이야기, 예술을 하는 사람으로서 하고 싶은 작업에 대한 이야기 등 대화의 주제는 마르지 않았다. 우리가 함께라면 무엇이든 할 수 있겠다는 생각을 안 한 것은 아니지만, 그 시기가 이렇게 빨리 찾아올 줄은 몰랐다.

강민지의 말 한마디로 시작된 일이었다. 은하의 칵테일 바 창업 계획은 알고 있었는데, 강민지가 이를 함께하자고 했다. 공연도 열 수 있고 다양한 기획도 실현할 수 있는 공간에 칵테일 바를 열자는 것이었다. 덩달아 나도 합류하게 되었다.

믹서에 숟가락을 넣고 돌리는 것은 물론이고 내 아르바이트 월급보다 더 비싼 컵을 깬 적도 있는 내 인생에서 요식업은 선택지에 없는 항목이었다. 은하가 둘이서 창업을 하자고 했다면, 아마 거절했을 것이다. (물론 김은하도 나와 아르바이트를 해보았기 때문에 절대 제안하지 않았을 것이다.) 그런데 네 명이 함께한다면, 해보고 싶었다. 좋은 친구가 동료가 되는 순간이었다.

칵테일 바 이름을 정해야 했다. 단순히 가게 이름이 아닌 우리의 정체성을 보여줄 수 있는 팀 이름을 만들었다. 스튜디오 포비피엠STUDIO 4BPM: 4 BLOCKS PERFECT MAP. 네 개의 블록이 모여 완벽한 지도를 만든다는 의미이다. 혼자였으면, 아니 둘이서도 할 수 없었을 일을 네 명이 모이니 할 수 있었다. 그렇게 여성을 위한 칵테일 바, 스튜디오 포비피엠을 열게 되었다. 여성만이 들어올 수 있는 안전한 공간을 만들고자 했다. 애주가인 나와 은하뿐만 아니라 술을 즐기지 않는 민지와 서솔도 여성 전용 공간의 필요성에 공감했다.

본격적인 창업 준비에 앞서 은하와 민지는 조주기능사 자격증 공부도 했다. 또 온 동네 부동산을 다니며 적당한 장소를 물색했고 칵테일 레시피도 개발했다. 우리는 각각 사업 자금을 냈고 꽤 큰돈이 모였지만, 가게를 차리기에는 부족한 금액이었기에 할 수 있는 일은 직접 다 했다. 인력이 필요한 일에 우리를 가져다 쓴 것이다. 가게는 뚝딱 만들어지는 것이 아니었다. 비용 절감 차원에서 가구 구입은 중고 거래를 애용했고, 서울 곳곳에서 좋은 테이블과 의자를 구했다. 가게 하나를 열기까지 이토록 많은 과정이 필요한 줄 몰랐다.

우리는 칵테일 바 오픈과 스트리트 브랜드 런칭을 동시에 준비했는데, 두 가지 일을 한꺼번에 해내느라 하루 스물네 시간이 모자란 상황이었다. 오픈 전날까지도 가게 안에는 치워야 하는 짐이 산더미였다. 그때 가게는 누가 보아도 공사 현장처럼 보였다. 서로 말은 하지 않았지만, 다들 다음 날이 개업식이라는 사실을 믿을 수 없었을 것이다. 우여곡절이 많았지만 스튜디오 포비피엠은 무사히 첫인사를 마쳤다.

칵테일 바는 지금도 월요일을 제외하고는 매일 영업 중이다. 친구들 덕분에 인생에 새로운 국면을 맞이하게 되었다. 팔자에 없는 바 사장님이 된 것이다. 사장이 되었다고 해서 서투르게 했던 일을 갑자기 잘하게 되는 것은 아니었다. 내가 일하는 날에 유독 잔이 많이 깨지는 바람에, 친구들은 돈을 내고 일하라는 우스갯소리를 하기도 했다. 사장이 되어 좋은 점은 잘릴 일이 없다는 것이다.

○ 근자감에 세상이 속아요

"대표님은 선비 같아요. 그냥 선비도 아니고, 산속에 들어가 공부만 하며 조정에서 삼고초려하기를 기다리는 선비요. 요즘에는 삼고초려도 포트폴리오가 있어야 해줍니다."

기업 브랜딩 컨설팅을 받을 때 컨설턴트가 한 말이다. 소그노영상제작소가 잘한 일에 대한 이야기를 해달라는 컨설턴트의 질문에 갈피를 잡지 못한 채 선뜻 답을 하지 못하고 있었다. 한참 생각하다가 우리의 경력을 쭉 설명하고 나서 "그런데 이 정도는 다들 하는 것이 아닌가요?"라고 되물었다. 잘하지 못한 일을 잘했다고 말해도 모자랄 판이었는데, 잘한 일을 제대로 평가하지도 않았고 내세우지도 않고 있었다.

기업을 운영할 때뿐만 아니라 나 자신에게도 마찬가지였다. 다들 이 정도는 할 텐데, 내가 이 정도쯤 하는 것은 그다지 특별하지 않다는 생각이 밑바탕에 있었다. 이는 항상 과도하게 겸손한 태도로 이어졌다.

"제가 아직 부족한 부분이 있지만 최선을 다해 준비했으니…."

"그렇게 잘하지 못하지만…."

언제나 첫머리에 넣는 말이었다. 겸손하게 이야기를 하면 혹시라도 기대에 미치지 못한 결과물이 나와도 이해해 줄 것이라는 마음도 있었고, 오만한 태도를 보이고 싶지 않은 마음도 있었다.

본인의 능력을 믿고 자신 있게 이야기를 하는 사람은 선망의 대상이었다. 그러한 사람을 따르고 같이 일을 하기도 했다. 하지만 막상 자신감에 차 있는 사람과 일을 했을 때, 자신감에 비해 형편없는 성과를 내는 경우도 종종 있었다. 다시 생각해 보면, 그 사람이 자신감 이외에 내세울 만한 경력을 가지고 있는 것도 아니었다. 그렇다면 나는 실질적인 능력치를 따지기도 전에 왜 그 사람을 믿고 따르게 되었을까. 바로 확신에 찬 눈빛과 태도 때문이었다.

'근자감', 즉 근거 없는 자신감을 가진 사람이 되고 싶지 않았다. 자신감에는 근거가 있어야 된다는 생각으로, 그 근거를 만들기 위해 오랜 시간 동안 노력했었다. 그런데 자신감만 가지고 기회를 얻는 사람들을 보면서 꼭 자신감에 근거가 있어야 하는 것인지 의문이 생겼다. 자신감에 차 있는 이들은 사람들에게 신뢰를 주기도 한다.

"내가 맡으면 잘할 수 있다."

"그건 내 전문이지."

감언이설과 요설로 점철된 사기꾼과는 다르다. 미사여구를 늘어놓지도 않고 간결하게 말하지만, 왠지 모르게 신뢰를 주는 사람이 분명 있다.

여성의 경우, 자신감보다 겸손을 드러내는 데 익숙하다. 대학교 발표 수업, 회사 프레젠테이션은 물론 회의나 미팅에서도 여성이 자신을 낮추는 광경을 흔히 볼 수 있다. 모든 여성이 자신을 낮추는 것은 아니지만, 자신을 낮추는 사람은 십중팔구 여성이다.

대학원에서 조교 일을 하고 있을 때였다. 학점 교류생이 있었는데, 그는 해당 강의를 수강하는 유일한 남성이었다. 발표를 앞두고 있는 그는 굉장히 긴장한 것처럼 보였다. 아마 여대에서 발표하는 상황이 부담스러웠을 것이다.

"발표 주제는 ○○이고, 이에 대한 제 의견까지 포함하여 말씀드리겠습니다. ○○○ 전공자로서 ○○○ 부분에 집중하여 발표를 준비했습니다."

그는 불필요한 인사말을 하지 않았다. 단지 주제와 내용에 대한 설명을 간략하게 더할 뿐이었다. 긴장한 모습과 달리, 간결하게 발표를 시작했고 여기에서 그의 자신감이 보였다. 그 학생의 발표가 다른 학생보다 더 뛰어난 점은 딱히 찾을 수 없었다. 하지만 청중의 자세가 달라졌다. 본격적인 발표를 듣기도 전에 청중은 집중과 기대를 하고 있었다.

때로는 자신감이 이미지를 만든다. 잘할 것 같은 이미지는 좋은 결과를 기대하도록 유도하는 반면 과도한 겸손의 말은 오히려 평가 절하의 요소가 되기도 한다. 근거 없는 자신감을 가지면 안 된다고 배웠던 많은 여성들은 아직도 자신의 부족한 점을 자진해서 말하고 있을 것이다. 부족하다고 먼저 말하는 것은 부족한 면을 먼저 보도록 만드는 것과 다름없다. 반면 잘한다고 말하는 것은 잘하는 면을 보도록 만든다. 자신 있게 한마디를 내뱉고 나면, 결국 자신감의 근거를 만들고 있는 자신의 모습을 발견할 수 있을 것이다. 세상은 근자감에 쉽게 속는다. 일단 속여라. 그리고 제대로 해낸다면 속인 것이 아니게 된다. 속이고 나서 해내면 된다.

좋아하는 일이 업이 되면

좋아하는 일을 업으로 삼으면 그 일을 더 좋아하게 되거나 혹은 싫어하게 되거나, 둘 다 아니라면 그 중간 어디쯤이 될 것이다. 나는 술을 좋아하는 칵테일 바 사장이자 춤을 사랑하는 댄스 강사이며 영상 보는 것을 즐기는 미디어 기업 대표이고 옷에 미쳐 있는 의류 브랜드 사장이다. 좋아하는 모든 일을 업으로 삼아버린 셈이다. 일도 좋아하기로 했다.

특히 옷은 거의 집착에 가까울 정도로 좋아했다. 세 살배기였을 때부터 취향이 확고했는데, 억지로라도 치마를 입혀 놓으면 벗어던지고 청바지로 갈아입었다고 했다. 어느 날은 어머니가 일부러 빨래 통에 청바지를 숨겨 놓으셨는데 내가 청바지를 기어이 찾고서는 젖은 청바지를 입고 다녔다고도 했다.

아무리 보아도 입을 옷이 없는 것 같은데 옷장에는 더 이상 옷을 넣을 자리가 없다. 높은 구매력으로 어느 쇼핑몰의 VVIP가 되어 늘 할인을 받으며 옷을 더 많이 구매하던 때도 있었다. 명품에 돈을 쓸 만큼 통이 크진 않았지만, 아우터는 좋은 제품을 사 입어야 한다는 생각으로 궁핍한 대학생 때도 아우터 구매에는 돈을 아끼지 않았다.

공연을 자주 할 때는 옷 욕심이 더 심했다. 공연 의상을 예쁘게 입는 일은 나에게 춤을 잘 추는 일 다음으로 중요했다. 일 년에 서는 무대 개수가 열 개를 웃돌았고, 매년 열 벌 이상의 공연 의상을 구매하게 되었다. 열다섯 벌의 슈트가 있는데 두 벌을 제외하고는 모두 공연 의상이었다. 유튜브 콘텐츠 제작을 위한 촬영을 하게 되면서부터는 촬영 의상이라는 명목으로 쇼핑을 멈추지 않았다.

대학생이었을 때 사용했던 핸드폰은 화웨이 제품이었다. 지금이야 알려진 브랜드이지만 그때만 해도 아무도 모르는 브랜드였다. 핸드폰의 용량은 십육 기가바이트였는데, 필수적인 애플리케이션 다섯 개만 설치하고 사진을 열 장만 저장해도 용량이 부족한 핸드폰을 일 년이 넘도록 사용했다. 이처럼 핸드폰은 공짜 폰을 쓰더라도 옷은 최신형으로 입었다. 다른 것에 대한 물욕이 없었지만, 나의 물욕은 옷을 비롯한 신발, 모자 등에 전부 몰려 있었다.

"평소에 하고 싶었는데 입 밖으로 꺼낸 적 없는 일이 있어?"

서솔의 말에 냉큼 브랜드 런칭 이야기를 했다. 내가 옷을 얼마나 좋아하는지, 브랜드를 만들면 어떻게 만들고 싶은지 설명했다. 서솔은 디자인을 의류에 표현하는 작업을 해보고 싶었다고 했다. 스튜디오 포비피엠 멤버 전원의 동의를 받아, 의류 브랜드를 만들기로 했다. 칵테일 바 창업과 함께 의류 브랜드 런칭 계획도 세웠다.

먼저 스트리트 브랜드와 명품 브랜드의 역사와 각각의 브랜드 정보를 조사하기 시작했다. 언감생심 쳐다보지도 않은 브랜드를 유심히 들여다보니 가격표의 '0'의 개수가 이해되었다. 나중에는 꽤 값비싼 가격도 합리적이라는 생각이 들었다.

시장 조사를 한 후에 우리 브랜드의 콘셉트를 정하고 디자인을 했다. 여성과 남성이 모두 입을 수 있는 스트리트 브랜드를 만들고자 했다. 의류 공정 자체에 대한 이해도가 없었기에, 무턱대고 찾아간 첫 공장에서 거의 강의를 듣고 나왔다. 공장 담당자는 아무것도 모르고 시작하는 청년 두 명을 안타까워했다. 많은 공장을 찾아다녔다. 마지막 공장에 들어갈 때쯤, 전문가는 아니더라도 준전문가는 되어 있었기 때문에 가격 협상을 잘할 수 있었고 계약까지 마쳤다.

준비 초반에는 네 명이 함께 공장도 다니고 디자인도 하다가, 완전한 분업 체계가 성립되었다. 서솔과 내가 의류 브랜드 런칭과 관련한 일에 대한 의사 결정을 하고 민지와 은하에게 공유하는 방식이었다. 칵테일 바와 관련한 일은 반대로 진행했다. 우리는 술피엠(강민지, 김은하), 옷피엠(서솔, 허휘수)으로 나누어졌다. 분업 체계로 인해 두 가지 사업 준비를 동시에 진행할 수 있었다.

의류 사업을 하는 사람은 계절을 두 개 빨리 내다보아야 한다는 말이 있다. 가을이 될 무렵에 다음 해 봄과 여름을 위한 옷을 준비해야 한다는 의미이다. 칠월에 반팔 티셔

츠를 준비하려고 했는데, 모든 공장에서 여름옷을 만들기에 너무 늦은 시기라고 했다. 하지만 브랜드를 내기로 마음먹은 시기가 오월이었으니 그리 늦지 않았다고 생각했고, 우리는 계속 일을 추진해 나갔다. 의류 브랜드 스튜디오 포비피엠이 정식으로 런칭된 다음부터 내 달력은 오 개월 빠르게 움직인다. 봄여름 상품 출시가 끝나자마자 가을을 내다보아야 한다.

평생 '옷 덕후'로 살던 내가 옷 욕심이 줄었다. 내 눈에 예쁜 옷이면 샀는데, 이제는 옷의 봉제 상태와 원단의 질까지 꼼꼼히 보고 있다. 좋아하는 것을 더 정확하고 자세히 볼 수 있게 된 것이다. 개인적으로는 좋아하는 것을 업으로 삼게 되었을 때, 덜 힘들거나 더 행복하거나 더 열정적일 수도 있다는 말을 믿지 않는다. 다만 어차피 일은 대개 힘들다면, 이왕이면 좋아하는 것을 일로 하는 편이 정신 건강에 이롭다고 생각한다.

매크로 인플루언서

나는 '매크로 인플루언서(수만 명에서 수십만 명에 이르는 팔로워를 확보하고 있는 플랫폼 운영자)'이다. 기업 브랜딩 컨설팅을 받을 때 컨설턴트가 알려주었다. 그토록 원했던 유명세를 조금 얻은 셈이다.

「뉴토피아」가 터진 덕에 인지도가 생겼다. 여성 예능이라는 타이틀은 많은 사람을 흥분하게 만들었고, 한마디로 대박이 터진 것이다. 유동 인구가 많은 장소에 가면 구독자를 만나기도 했다. 내 이름은 모를지언정 "어? 혹시 유튜버 아니세요?"라는 질문을 받는 일도 자주 일어났다. 모르는 사람에게 인사를 하게 되는 경우가 많아진 것이다. 이전에는 나노 인플루언서(수십 명에서 수백 명의 팔로워를 보유하고 있는 개인 SNS 사용자)였지만, 이제 매크로 인플루언서가 되었다.

인플루언서의 시대이고, 앞으로도 이 같은 현상은 계속될 것이라고 예상된다. 인스타그램, 유튜브, 틱톡 등 플랫폼은 끊임없이 변화하고 진화하겠지만 인플루언서는 변함없이 존재할 것이다. 메가 인플루언서부터 매크로 인플루언서, 마이크로 인플루언서, 나노 인플루언서까지. 인플루언서의 의미는 점차 세분화되고 있으며 확장되고 있다. 모두가 서로에게 영향을 주는 사회에서 살고 있는 셈이다. 꼭 유명세가 있지 않더라도, 개인은 가족이나 주변의 친구에게 영향을 주기도 하므로 우리 모두를 인플루언서라고 볼 수도 있을 것이다. 따라서 어떤 영향력을 끼치는 사람이 될 것인가에 대한 고찰이 필요하다. 남의 눈치를 보면서 나의 행동을 제한하라는 말이 아니라, 자신이 남에게 영향을 주고받을 수 있는 사회의 일원이라는 사실을 잊지 말아야 한다는 의미이다.

인플루언서로서 살다 보니 간섭과 참견, 모욕적인 악담

까지 듣는 경우가 허다했다. 신도 안티가 있는데 어쩔 수 없는 부분이라고 치부했다. 그럼에도 불구하고 마음고생도 겪었다. 전부 신경 쓰며 사는 삶은 힘들지만 전혀 신경 안 쓰며 사는 삶은 더욱 힘들었다.

진정한 충고와 선을 넘는 직언 혹은 비판으로 포장된 비난을 잘 구분하고자 했다. 상처를 받고 감당해야 하는 것은 내 몫인데, 불필요한 직언과 맹목적인 비난까지 받아들이고 싶지 않았다. 나를 지키기 위해 방어 막을 장착했다. 험한 말을 쏟아내는 악플러들이 본인도 인플루언서라는 사실을 잊지 않았으면 좋겠다. 또한 자신의 행동이 남에게 어떤 영향을 주고 있는지 고민하길 바란다.

나도 모르는 사이에 나의 영향력이 커졌다는 사실을 인지하고 나니 꽤 부담스럽기도 했다. 따지고 보면 그리 대단한 것도 아닌데 왠지 모를 무게감이 묵직하게 느껴졌다. 하지만 이내 영향력이 커졌다는 사실을 좋은 기회로 삼기로 했다. 남보다 조금 더 넓은 영향력을 끼칠 수 있다면, 이를 좋은 방향으로 쓰면 된다.

마음을 고쳐먹고 난 후 얼마 지나지 않아 모교에서 진행한 동문 인터뷰에서 앞으로 어떻게 살 것이냐는 질문을 받았다.

"어떻게 살지는 모르겠으나, 이제 여성을 위한 일을 하면서 살 것이라는 확신은 있습니다."

진심이었지만, 다시 생각해 보면 오만한 대답이었다. 결국 나도 나 자신을 위해 사는 한 개인일 뿐인데 내 삶에 과분한 의미를 담아 거창하게 포장했다는 후회가 생긴다. 앞으로도 나는 나를 위해 살아갈 것이다. 하지만 몇몇 사람에게 조금이나마 긍정적인 에너지를 줄 수 있다면 그러고 싶다. 다시 동일한 질문을 받게 된다면 이렇게 대답할 것이다.

"겸손한 사람, 생명을 향한 애정을 가진 사람으로 살고 싶습니다."

3장

춤을 추듯 살고 싶어서

◦ 무대에 서는 자세 1

문화와 예술을 중요시하는 어머니 덕분에, 초등학교에 입학하기 전부터 뮤지컬, 연극, 전시를 일상적으로 접할 수 있었다. 열두 살에 난생처음 어린이 연극이 아닌 성인 연극을 보게 되었는데, 「관객 모독」이라는 작품이었다. 십오 세 이상만 관람이 가능한 작품이었지만, 나는 키가 꽤 큰 편이었기 때문에 극장에 입장할 수 있었다. 몰래 들어간 나는 연극이 시작하기 전까지 계속 긴장을 풀 수 없었다. 화장실을 여러 번 들락날락하며 나이가 들킬까 봐 떨기도 했다.

연극의 내용은 사실 생각이 나지 않는다. 하지만 아직까지 뚜렷하게 기억에 남는 장면이 있다. 극의 클라이맥스가 되자, 배우가 관객에게 모두 일어나서 즐기라고 말했다. 아무도 일어나지 않았다. 단지 대사라고 생각했기 때문에 정말 일어날 생각을 하지 않은 것이다. 다들 눈치만 보고 있는 상황이었고 공연장 안에는 어색한 기류만 감돌았다. 그때 네 명의 배우 중 유일한 여성이었던 한 배우가 갑자기 관객에게 소리쳤다.

"일어나! 이 XXX들아!"

연극 내용상 배우가 관객에게 욕을 하기도 했는데, 여성 배우는 그 장면에서 처음 욕을 내뱉었다. 카타르시스가 느껴졌다. 배우는 관객을 압도하고 있었다. 배우의 이름은 잊어버렸지만 그 대사를 하는 배우의 얼굴은 결코 잊을 수 없다. 삼백 명쯤 되는 관객이 모두 일어났다. 어머니도 일어나서 열광하게 만드는 힘, 그 장악력을 닮고 싶었다. 그때부터 무대를 동경하기 시작했다.

열다섯 살이 되었을 때 댄스 팀에 들어갔고 무대에 설 수 있게 되었다. 연습실에 가는 친구를 우연히 따라갔는데 마침 대열을 맞추기 위한 대타가 필요했고, 내가 대타로 춤을 추다가 댄스 팀에 들어가게 된 것이다. 대타면 뭐 어떤가, 너무 기뻤다. 집에서 몰래 연습한 '암 웨이브'의 쓸모가 생긴 순간이었다. 오전 열 시에 연습실에 모여 연습을 하다가 밤 열 시에 집으로 가도, 연습하는 내내 시간 가는 줄 몰랐다. 주말에는 집 근처에 있는 청소년 수련관 연습실에 붙박이로 붙어 있었다. 무대에 오르는 것이 좋았기 때문에 연습하는 것도 좋았다.

관객의 호응에 중독되었다. 누군가는 나를 보면서, 내가 「관객 모독」에서 느낀 짜릿함을 느낄지도 모른다는 생각에 취해 있었다. 공연을 할 기회가 생기면 놓치지 않고 무대에 올랐다. 나는 '호응 중독'이었다. 모든 중독이 그러하듯이 호응 중독에서 벗어나기가 힘들었다. 무엇보다 실력을 객관적으로 보기 어려웠다. 어떻게 춤을 추고 있는지가 아니라 어떻게 보이는지에 더 집중했다.

대학교에 가서 춤을 본격적으로 추기 시작하면서 호응 중독에서 벗어날 수 있었다. 그때부터 춤을 대하는 태도를 바꾸었고 새로운 가치관과 기준을 형성해 나갔다.

무대에 서는 자세 2

대학 생활 내내 가장 몰입했던 분야는 춤이다. 같은 대학생 댄서들과 교류하면서 여러 공연을 했다. 연습실에서 서로의 춤에 대한 피드백을 주고받기도 했다. 몇 년 동안 다양한 무대를 준비하면서 세운 몇 가지 철칙이 있다.

첫째, 무대는 어려운 곳이다.

"무대에 오를 퀄리티가 아니다. 대학생 공연이라고 쉽게 생각하지 마라."

거의 매일 들었던 피드백이다. 무대에 삼 분 동안 오르기 위해서는 육십 일의 연습은 기본이라고 배웠다. 무대에 오르는 것은 결코 쉬운 일이 아니며, 무대에 오를 자격은 연습한 사람에게만 주어진다는 사실을 깨달았다.

버스킹을 하는 이들을 보면 존경심이 들 때가 많다. 그들이 그동안 준비해 온 노력과 쏟은 시간을 알기 때문이다. 반대로 종종 리허설인지 아니면 연습실인지 구분이 되지 않는 버스킹을 보면 짜증이 날 때도 있다. 버스킹을 하는 거리도 엄연한 무대이다. 무대에 오르는 플레이어라면 무대를 어려워해야 한다. 실수를 저지르고 웃는 일은 연습실에서도 삼가야 한다. 지나가는 행인을 관객으로 만들고 거리가 무대가 되려면, 버스커의 자세와 실력 역시 갖추어져 있어야 할 것이다.

둘째, 춤을 잘 추어야 멋진 것이다.

연습실에서 배운 교훈이 하나 더 있다면 본질에 충실해야 한다는 것이다. 댄서로서 오르는 무대의 본질은 춤이다. 춤을 잘 추어야 한다.

"멋지게 보이려고 하면 멋진 게 아니야. 춤을 잘 추어야 멋진 거지."

춤을 추고 난 다음 동료 댄서에게 들은 피드백으로, 호

웅 중독에 빠진 나의 뒤통수를 후려친 말이기도 하다. 이는 멋지게 보이려고 하지만 정말 멋없다는 말이 아닌가.

나는 스스로 끼가 있다고 생각했다. 나에게 매력적인 포인트가 있다고 믿었고, 무대에서 꽤 잘 먹힌다고 생각했다. 중고등학교를 다니는 동안에도 수많은 무대에 올랐고 관객 반응도 좋았기 때문에, 내가 멋지지 않다는 피드백은 가히 충격적이었다. 피드백의 핵심은 '멋지지 않다'가 아니라 '춤을 못 춘다'는 것이었다.

본질은 결국 춤이고 춤을 잘 추고 싶다면 연습을 해야 한다. 기본기도 없으면서 기교만 부린다면 아마추어 수준에 머무르게 될 것이다. 이전의 나처럼 말이다. 몸을 움직이는 방법은 물론이고 음악을 듣는 연습도 한다. 물론 쇼맨십도 연습한다. 무대에서 필요한 모든 것을 연습해야 한다. 멋진 척만 하는 댄서이고 싶지 않기 때문에 앞으로도 끊임없이 연습할 것이다.

셋째, 무대를 즐기는 것은 나중의 일이다.

무대를 즐겨야 한다고 말하는 사람과 함께 공연 준비를 한 적이 있다. 그 사람은 진지하게 임하는 내 열정을 우습게 만들기도 했고, 연습 시간에 늘 늦었으며 가끔은 잠수를 타기도 했다. 팀 연습에 피해가 없도록 혼자라도 연습을 하면 좋겠지만, 보통 이러한 사람에게 센스를 바라기는 힘들다. 무대에 설 자격을 운운하며 그를 깎아내렸다. 지금 다시 생각해 보면 나와 그는 서로 가치관이 달랐을 뿐이다. 모두가 나처럼 진지하게 임할 필요는 없다. 즐겁고 가벼운 마음으로 춤을 추는 것도 가치 있다. 하지만 당시 나는 춤을 가볍게 여기지 않겠다는 강력한 신념이 있었으니 서로 부딪힐 수밖에 없었다.

무대를 즐긴 적이 있냐는 질문을 받으면 선뜻 대답할 수가 없다. 무대에 올라가기 전에 긴장을 많이 하는 편이다. 예민해진 내 모습을 보며 무대를 즐기라고 말하는 사람도 간혹 있었다. 하지만 무대를 즐기는 것은 관객이 감동할 만한 공연을 보여줄 수 있는 플레이어가 누려야 할 특권이라고 생각한다. 나는 스스로 아직 긴장한 채로 치밀하게 준비해야 하는 수준이라고 보기에, 즐기는 일보다 노력하는 일에 집중하고자 한다. 무대는 플레이어뿐만 아니라 관객이 함께 만드는 공간이다. 혼자 즐기는 행위는 방구석에서도 가능한 일이다. 만약 내가 무대를 즐기고 있는 것처럼 보인다면 아마 그렇게 보이도록 연습한 결과일 것이다.

이러한 가치관과 기준이 늘 삶에 좋은 영향을 주지는 않는다. 단적으로 말하자면, 나는 프리 스타일이 무섭다. 이 글을 다른 댄서가 본다면 의아할 수도 있다. 노래를 듣고 자연스럽게 나오는 동작으로 춤을 구성하는 프리 스타일은 댄서의 기본 능력으로 꼽히기 때문이다. 프리 스타일을 하면, 누군가가 인상을 쓰며 나를 보고 있을 것 같고 다른 누군가가 내 춤이 얼마나 별로인지 말할 것 같아 주눅이 들기도 한다. 나는 준비하지 않은 것을 보여주는 데 익숙하지 않은 사람이기 때문이다. 갈고닦은 실력을 보여주는 것이 미덕이라 배웠고 미흡한 모습은 피드백의 대상이었다. 매번 혹독한 평가를 받았으며 나 역시 다른 사람의 춤에 대해 냉철한 평가를 했다. 피드백의 목적은 더 좋은 공연을 만드는 데 있었다. 그렇기 때문에 상처를 주고받는 과정조차 서로를 위하는 길이라고 생각했었다. 이토록 오래 기억될 이야기인 줄 미리 알았다면, 조금 더 유연한 태도를 보였을지도 모르겠다.

이름 앞의 수식어

열다섯 살 때부터 짧은 머리를 고수했다. 춤을 추기 시작한 이래로 대부분 힘 있는 스타일로 안무를 창작했으며, 무대 의상으로는 슈트를 선호했고, 머리는 '포마드 스타일'을 고집했다.

긍정적으로 본 사람도 많지만 이상하게 생각하는 사람이 분명히 있었다. 왜 남자처럼 작품을 구성하고 스타일링을 하냐는 질문은 기본이었고, 나를 콕 집어 자기가 싫어하는 스타일이라며 '여자가 남자를 따라 하는 것'은 정말 징그럽다고 말한 사람도 있었다. 우는 모습을 보이기 싫어서 안간힘을 써서 눈물을 겨우 참았지만 그 말을 듣고 코가 시큰했다. 몇몇은 내가 레즈비언이라는 소문을 퍼뜨렸다. 또 다른 몇몇은 친하게 지내는 여성 댄서와 사귀는 사이인지 대놓고 묻거나, 혹은 왜 그 여성 댄서와 친하게 지내는 것이냐며 무슨 관계인지 은근히 묻기도 했다. 누가 뭐라고 하든 상관없었다. 남자 같다는 둥 이상하다는 둥, 시시한 말들은 질투라고 여기며 코웃음을 치고 넘기는 경지에 다다랐다.

여성을 위한 페미니즘 콘텐츠를 만들기 시작하면서 이름이 알려지자 내가 예전에 작업했던 안무를 찾아보는 사람들이 생겼다. 그들은 나를 '성적 대상화를 할 수 없는 춤을 추는 댄서'라고 칭했고 '탈코 댄서'로 부르기도 했다. 대단한 의미를 담은 작업이라기보다 하고 싶은 작업을 한 것뿐이었는데, 내가 의도하지 않았던 해석이 더해지는 것을 보고 사실 신기했고 어색하기도 했다.

물론 나는 페미니스트이며 페미니즘을 주제로 한 작품을 만들기도 했다. 하지만 늘 페미니즘에 기반한 작품만 만든 것은 아니다. 성적 대상화를 할 수 없는 동작을 표현하기 위해 별도의 노력을 기울이지도 않았다. 그저 춤을 잘 추고 싶은 댄서 중 한 명일 뿐이다. 가끔은 탈코 댄서라는 수식어가 나의 창작력을 제한하기도 한다. 내가 여성의 다른 모습을 보여주는 댄서라는 사실은 변함없지만 가끔 눈치를 보게 되는 것이다. 특히 음악을 고를 때 더욱 조심스러워진다. 그 음악의 가수가 잘못된 말이나 행동을 한 적은 없는지, 가사에 이상이 없는지, 뮤직비디오의 구성은 논란의 여지가 없는지 등 계속 검열하게 된다. 이 자체가 나쁘다고 보지는 않지만 한편으로는 덜컥 겁이 난다. 계속 스스로를 통제하는 행위가 작품을 만드는 데 제한 요소로 작용하는 것은 아닌지 걱정이 된다.

물론 페미니스트로서의 가치관을 저버릴 만한 작품은 앞으로도 만들지 않을 것이다. 하지만 댄서로서 특정한 수식어에 갇혀 있지 않고자 노력할 것이다. 창작자답게 다양하게 생각하고 상상하며 작품을 만들고 싶다. 의미를 추구하는 사람이 아닌 실력이 있는 사람이 되고자 한다.

저는 춤만 추었습니다

대학생 시절을 되돌아보면, 나는 정말 춤만 추었다. 나노물리학과에 입학할 때까지만 해도 물리학에 진심이었는데…. 대학 입시 면접에서 물리학을 전공하는 데 그치지 않고 대학원까지 진학해 물리학 연구를 계속하고 싶다고 이야기했을 만큼 진심이었다. 하지만 시간이 지나면서 춤에 몰입하느라 전공이 무엇인지 잊었다. 전공이 코레오그래피choreography이었던가…?

학교에 등록금이 아니라 학생회관 연습실 대관 비용을 냈다고 해도 될 만큼 학교 시설을 많이 활용했다. 특히 공연이 다가오는 시기에는 아침부터 새벽까지 연습실에서 살다시피 했다. 학교 내에서 열리는 공연 외에도 전국 대학 댄스 동아리의 연합 공연에도 참여했다. 대학 시절 내내 항상 공연을 준비하고 있었다고 말해도 과언이 아니었다.

그만큼 많은 연습이 필요했는데, 연습의 과정이 「스텝업Step Up」이나 「브링 잇 온Bring It On」과 같은 하이틴 영화처럼 진행될 것이라고 생각하면 곤란하다. 보통 다큐멘터리이고 스릴러에 가까울 때도 있다. 팀원 중 한 사람이 잠수를 타기도 하고, 예기치 못하게 다치기도 하며, 주문한 소품이나 의상이 제때 오지 않는 등 엄청난 서스펜스가 펼쳐지는 경우가 다반사였다.

내가 준비한 안무에 대한 다른 팀원의 평가를 기다리는 순간의 공기 속에는 긴장감이 존재했고, 안무에 대한 의견이 서로 다를 때 합의점을 찾아가는 과정 역시 팽팽한 긴장감의 연속이었다. 육체적으로만 힘들면 괜찮았을 텐데, 정신적인 압박이 오히려 큰 부담이었다.

몸과 마음의 피로가 극에 이르는 일련의 과정에서 서로의 민낯을 볼 수 있다. 상대가 어떤 사람인지는 물론 나도 몰랐던 내 모습까지 파악할 수 있다. 이토록 힘든 생활을 함께 견디면 동지애가 생기기 마련이다. 연습실에서 만난 인연 대부분에게 동지애를 느꼈다. 함께 연습했던 친구들은 마치 고향 친구 같았다. 싸움과 화해를 반복하고, 다시는 안 볼 것처럼 냉담해졌다가 또다시 공연을 준비하며 갈등이 사라지기도 했다. 애증의 관계는 점점 두터워졌고, 이들은 내가 성장하는 데 많은 영향을 끼쳤다.

"춤은 언제까지 출 거야?"

대학을 졸업할 때쯤 자주 들은 질문이었다.

"이제 정신 차려야지. 나이도 있는데, 그 정도 했으면 이제 그만해."

이 말은 서비스로 덧붙여진다.

처음 이러한 질문을 들었을 때는 두려움이 앞섰다. 춤은 언젠가 그만두어야 하는 것인가…. 그만둘 생각을 하니 연인과 헤어지는 것처럼 가슴이 시렸다. 계속 춤을 추기 위해서 댄서를 직업으로 삼아야 한다는 생각을 했다. 댄서가 되는 방법을 여기저기 묻고 다녔다. 열이면 열, 모두가 동일한 대답을 했다. 유명한 댄서 밑에 들어가 제자가 될 것. 내가 해온 일은 정말 아무것도 아니었다는 생각이 들어 우울했다. 그러다 문득 '그냥 계속 춤을 추면 되잖아?' 하는 반

발심이 생겼고, 계속 열심히 춤을 추기로 마음먹었다. 팀을 만들어 대회에 참가했고 공연을 다니며 나 자신을 댄서로 만들었다.

졸업을 하고 나서도 나는 댄서였지만, 내가 댄서라고 말했을 때 사람들의 반응은 사뭇 다르기도 했다. 내가 춤을 춘다고 하면 날라리로 보았다. 설마설마하며 웃을 수도 있지만, 여전히 많은 사람이 댄서를 날라리로 생각하고 있다.

클럽 자주 가겠네, 잘 놀겠다, 흥이 많겠어…. 여성에게 부여되는 '잘 놀겠다'는 표현에는 사생활이 문란할 것이라는 추측까지 담겨져 있다. 일단 나로 말할 것 같으면, 공연을 하기 위해서가 아니라 사적으로 클럽에 방문한 횟수는 손에 꼽으며, 잘 못 놀고, 흥도 없다. 하지만 춤을 춘다는 이유 하나만으로 나의 이미지는 암묵적으로 날라리로 고정되어 있는 것 같았다.

고정된 이미지로 인해 피해를 입지 않기 위해서 대학원 조교로 일을 할 때는 정장에 가까운 복장을 차려입고 출근했다. 하루 종일 앉아서 학교 일을 한 다음 저녁 시간에는 공부까지 해야 하는 대학원생에게 편한 복장은 필수였지만, 후드 티를 입은 날이면 "춤을 춘다더니 역시 자유롭네."

라는 볼멘소리를 들어야 했다. 이러한 지적이 그리 달갑지 않았고, 격식 있는 복장과 태도로 임하는 데 더욱 신경을 쓸 수밖에 없었다.

아마 춤은 언제까지 출 것이냐는 질문을 앞으로도 계속 받게 될 것이다. 내가 나이가 들수록, 더 많은 이야기를 덧붙이며 일장 연설을 하는 이들의 모습이 눈앞에 선하다. 그럼에도 불구하고 평생 그 질문을 들으며 살기로 했다. 대답은 언제나 같을 것이다. 관 속에 들어갈 때까지.

○ 피드백을 위한 피드백

안무이든 콘텐츠이든 간에 작업물은 마치 내 자식처럼 느껴지기 때문에, 좋지 못한 피드백을 받을 때는 마음이 아프다.

아픔을 겪으면서 성장하기도 하지만, 개인적으로는 되도록 안 아프게 성장하는 것이 좋다고 생각한다. 부정적인 피드백에 상처받지 않는 방법은 작업물에 자아를 투영하지 않는 것이다. 작업물은 작업물일 뿐, 지나치게 확대해 해석하지 말아야 한다. 평가는 작업자를 향한 내용이 아니라 작업물을 향한 내용이다.

촌스럽다는 평가를 받았다고 가정해 보자. 작업자가 자신의 취향이 '촌스럽고 올드한 것'이라고 받아들이면 괜히 부끄러워진다. 그저 작업물이 세련되지 않게 보인다는 말로 여겨야 할 것이다. 여기에서는 평가자의 문제도 있다. 촌스럽다는 피드백은 작업물을 개선하는 데 있어 전혀 도움이 되지 않으므로 잘못된 피드백 내용이다. "잘 모르겠는데, 왠지 별로예요." 혹은 "제 스타일은 아니에요." 등의 피드백도 마찬가지이다. 세부 사항을 파악할 수 없고 부정적인 느낌만 전달하는 것은 지양해야 한다. 여러 가지 일을 하면서 깨달은 바는 피드백을 주는 자세와 받아들이는 자세 모두 중요하다는 사실이다.

무수한 피드백을 주고받는 동안 도움이 되는 내용도 있었으나 전혀 도움이 되지 않은 내용도 있었다. 가끔 잘못된 피드백조차 받아들여야 하는 상황도 있었다. 충격 요법이라는 미명하에 무분별한 평가가 난무한 것이다. 물론 나도 예외는 아니었다. 별의별 피드백을 주었고 별의별 피드백을 받았다. 시간이 지나고 나서야 이 같은 행동을 반성하게 되었다. 가치는커녕 배려조차 없는 피드백을 주고받은 지난날의 흑역사를 발판 삼아, 피드백에 관한 뚜렷한 기준을 세울 수 있었다.

말 한마디에 천 냥 빚을 갚을 수 있는지는 모르지만, 천 냥 빚을 지기는 쉽다. 그러므로 말로 전하는 피드백은 더욱 신중하게 해야 한다. 피드백의 목적을 명확하게 설정해야 하며, 군더더기 없이 전달해야 한다. 사적인 감상은 배제한 채 사실을 기반으로 문제점을 지적해야 유효한 피드백이 될 수 있다. 더 나아가 발전할 수 있는 구체적인 방향을 제시하는 것이 좋다.

의견을 주고받는 일이 중요한 이유는 성장에 필수적인 요소이기 때문이다. 상급자가 있거나 리더가 있는 그룹이 아닌 동료들과 함께 일을 해나가는 경우, 피드백의 역할은 더욱 중요하다. 소그노도 피드백 방법에 대해 많이 고민할 수밖에 없었다. 더 좋은 결과를 만들기 위한 조언과 응원을 아끼지 않았다. 소그노가 지금에 이르기까지의 과정은 결코 순탄하지 않았으며 현재도 원활하기만 한 것은 아니다. 그러나 수많은 피드백이 쌓이고 쌓여 지금의 모습으로 성장할 수 있었다.

성과보다 성장에 초점을 맞추는 사람이 되고자 한다. 느리더라도 점차 성장하고 있다면 스스로에게 칭찬을 아끼지 않고, 대단한 결과를 내지 못하더라도 좌절하지 않기로 했다. 새로운 도전을 끊임없이 시도하는 안무 작품을 선보이며 실력을 높이는 댄서가 되고자 한다. 더불어 다양한 영상 콘텐츠를 선보이며 발전하는 소그노영상제작소의 대표가 되고자 한다.

셸 '휘' 댄스?

노래방에 가면 꼭 부르는 노래가 있다. 체리필터의 「오리날다」. 자칫 잘못 부르면 목이 쉬기 때문에 적절한 타이밍에 딱 한 번 부른다. 이처럼 다들 노래방에 가면 부르는 애창곡 하나 정도는 있다. 하지만 꼭 추는 춤은 없을 것이다.

노래방은 동네 구석구석에 있는데 왜 춤을 추는 공간은 유흥가에만 있는 것인지 의아하다. 노래는 잘하지 못해도 즐기면서 부르는 사람도 많은데, 이에 비해 춤을 즐기는 사람은 적다. 그 이유가 몇 안 되는 클럽에서만 춤을 출 수 있기 때문은 아닐까. 끈적하게 말고 건조하게 춤을 출 수 있는 장소는 왜 없을까….

고민 끝에 '춤방'을 만들고 싶었다. 자료 조사를 하며 실현 가능성을 따질수록 망할 것이 뻔해서 안 했다. 사업 아이템으로 접근했을 때, 해볼 만하다는 생각이 들었다면 정말 만들었을 것이다. 춤추며 놀 수 있는 공간이 없다는 사실이 항상 아쉽다. 노래가 취미가 아닌 사람도 노래방에 가는 것처럼 춤과 전혀 관련이 없는 사람도 춤을 추고 놀았으면 좋겠다. 아프리카에 공연을 하러 간 적이 있었는데, 그때 관객이 모두 일어나서 춤을 추는 모습을 보고 무척이나 놀랐다. 나이와 성별에 상관없이 몸에 리듬감이 충만했다. 그때 흥이 많기로 유명한 우리나라 사람들이 유독 춤에 관해서는 점잖은 태도를 보인다는 생각이 들었다.

유명한 가수에 비해 유명한 댄서가 흔하지 않은 이유를 생각해 보기도 했다. 나름의 이유를 찾았는데, 먼저 노래를 부르면 즉각적으로 확인이 가능해 직접적이지만 춤은 다르다. 거울을 통해 확인해야 하기 때문에 간접적이라고 볼 수 있다. 또 다른 이유는 춤은 태생적으로 음악에 종속되어 있다는 점이다. 춤은 늘 존재했지만 그전에 소리가 먼저 존재했다. 현대에 이르러 음악이 아닌 소리에 춤을 추거나 아예 음악이 없는 무용 작품이 등장하기도 했다. 오직 무용수의 숨소리와 발소리, 스치는 소리 혹은 부딪히는 소리만 나는 작품을 통해 춤의 독립성을 찾으려는 노력이 있었지만, 일반적으로는 음악이 나고 춤이 났다.

기술적인 부분도 고려해 볼 필요가 있다. 음향 기술이 아무리 발전했다고 해도 현장의 호흡을 다 담기에는 아직 역부족이다. 이러한 이유로 사람들이 가수의 라이브 무대를 직접 찾아갔을 때 더 열광하게 된다고 생각한다. 특히 춤은 현장성이 특징이며 휘발성이 강하다. 그러므로 댄서의 무대를 눈앞에서 보면 영상과는 차원이 다른 힘을 느낄 수 있을 것이다.

또 가수 중에는 노래와 춤을 동시에 하는 이들도 많으니 춤만 추는 댄서가 특별해 보이지 않기도 할 것이다. 우리나라는 예부터 가무 중에 몸을 쓰는 '무'를 더 천하게 여겼으며 춤은 점잖지 못한 것으로 분류되었다. 특히 여성의 춤은 무녀나 기생을 연상시켰기 때문에 터부시한 것일지도 모른다. 달리는 버스 안 좁은 통로에서 위험하게 추는 '관광버스 춤'이 생겨난 데에는 그럴 만한 이유가 있었을 것이다. 아마 공개된 장소에서 춤을 출 수 있는 분위기가 형성되어 있지 않았기 때문은 아닐까.

이쯤 되면 춤이 지닌 이미지에 대해 다시 생각해 보지 않을 수 없다. 과거 인기를 얻었던 예능 프로그램 「리얼로망스 연애편지」나 「X맨 일요일이 좋다」를 기억하고 있는 사람이라면 공감할 텐데, '댄스 신고식'에서 멋진 춤은 남성의 것이고 섹시한 춤은 여성의 것으로 구분되어 있었다. 다시 말해, 파핑이나 힙합이라고 부르는 파워풀한 춤은 남성 연예인의 전유물이었으며, 섹시 웨이브나 도발적인 몸짓이라는 자막으로 점철된 춤은 여성 연예인의 전유물이었다. 시대가 변했고 다양한 춤이 생겼지만 이 공식은 크게 달라지지 않았다. 방송에서 여성 댄서가 불편한 옷을 입은 채 춤을 추고 있는 모습을 쉽게 볼 수 있는데, 이때 카메라는 그들의 춤보다 몸을 중점적으로 촬영한다.

앞서 여러 가지 이유를 서술했지만, 사람들이 춤을 즐기지 못하는 근본적인 이유는 몸을 움직이는 것에 대한 부담감과 어색함 때문일 것이다. 춤 레슨을 하면서, 내 수업의 수강생들이 춤을 즐기게 되기를 바랐다. 처음 춤 레슨을 시작했을 때는 춤을 가르치는 방법에 대해 고민했다. 대부분

처음 춤을 추는 사람들이었기 때문에 동작을 쉽게 따라 하지 못했고 이를 어떻게 알려주어야 할지 난감했다. 안무 난이도를 조정하기도 했는데, 최선의 방법이 아니었다. 대학 입시를 준비하거나 댄서로서 커리어를 쌓기 위해 수업을 듣는 사람이 아니라면, 제대로 천천히 알려주되 완벽히 춤을 출 필요가 없다는 사실을 함께 알려주고 즐길 수 있는 방향으로 이끄는 것이 더 나았다.

일상의 활력을 찾고자 춤을 배우러 온 사람들이 춤에 흥미를 잃지 않는 데 초점을 맞추어 수업을 진행하기로 했다. 그러자 수강생들은 오히려 더 열심히 연습했다. 평생 춤을 춘 적이 없는 사람들이 연습실까지 빌려 춤을 추었다는 이야기를 들으면 행복하다.

노래만큼 안무가 유명해지는 일이 생기고, 안무가의 이름을 사람들이 알게 되고, 인기 예능 프로그램에 출연하는 댄서가 많아지는 현상을 보면서 춤이라는 문화가 점점 더 나아가고 있다고 느낀다. 춤을 사랑하는 만큼 춤 문화가 잘 형성되길 바라고 또 바란다.

영감은 루틴에서 온다

창작을 하는 사람으로서 대답하기 난해한 질문이 있다.

"영감은 어디에서 얻나요?"

영감의 원천에 대해 이야기를 할 때면, 괜스레 부담감이 커지기도 한다. 하지만 영감에 사로잡힌 채로 창작을 하는 예술가는 아주 드물다고 생각한다. 이는 집중이 되어야만 공부를 하는 학생이나 능률이 높은 시간에만 일을 하는 직장인과 같은 의미이다. 창작을 지겹게 하고 있다 보면, 영감을 얻기도 하고 얻지 못하기도 한다. 대부분 후자인 경우가 많다. 영감이 생길 때까지 기다리다가는 작업을 영영 끝마칠 수 없게 될 것이다.

나에게 음악에 맞는 안무를 만드는 과정은 예술적인 행위라기보다 분석적인 행위이다. 분석이 선행되어야 음악에 맞는 움직임을 표현할 수 있다. 먼저 멜로디, 리듬, 박자, 보컬을 쪼개서 듣고 안무를 구성할 소리를 고른다. 그다음 소리에 맞는 동작을 결정하고 음악에 안무를 얹어보며, 동작을 취사선택하는 과정을 거쳐 안무가 만들어진다. 나를 포함한 대부분의 사람은 천재가 아니므로, 성실하게 루틴을 만들어야 창작을 잘할 수 있다.

> 뮤즈를 기다리지 말라. (…) 여러분이 해야 할 일은 날마다 아홉 시부터 정오까지, 또는 일곱 시부터 세 시까지 반드시 작업을 한다는 사실을 뮤즈에게 알려주는 것이다.
>
> _스티븐 킹, 『유혹하는 글쓰기』 중에서

춤 레슨을 꾸준히 하고 있는 이유가 여기에 있다. 루틴을 만들기 위해서이다. 기업을 운영하게 되면서부터 매일 매일 수많은 일을 해야 했기 때문에, 춤과 안무도 일처럼 해야 지속할 수 있을 것이라고 판단했다. 그게 아니라면 우선순위에서 쉽게 밀릴 것이 뻔했다. 춤 레슨을 하기 위해서라도 운동을 하고, 안무를 짜고, 연습을 하는 루틴을 만들 수밖에 없었다.

가끔은 정말 정신없이 바쁜 탓에, 거의 잠을 자지도 못한 채 춤 레슨을 해야 할 때도 있다. 그럴 때면 그만두고 싶은 마음이 생기기도 한다. 하지만 막상 레슨을 하고 나면 '역시 하길 잘했어.'라는 안도감이 들 것이라는 사실을 알고 있다. 피곤함을 꾹 참고 댄스 스튜디오로 들어가기만 하면 된다.

레슨을 매주 빠짐없이 하다 보니, 소재와 음악을 찾는 습관이 생겼다. 좋은 음악을 기억하고 아이디어를 메모하는 것이 일상이 된 것이다. 삼 년 동안 마흔 개의 안무를 만들어 춤 레슨을 진행했다. 계산해 보면 한 달에 한 가지 안무를 만든 셈이다. 춤 레슨을 하지 않았다면 절대 얻을 수 없는 결과이다. 영감은 작업을 실행했을 때 오기도 한다. 또 다작을 했을 때 명작이 만들어지기도 하는 것이다.

○

운동 좀 하세요?

운동을 매일 하는 것은 댄서로서의 자아를 지키는 일에 가깝다. 춤도 몸을 사용하는 것이기 때문에, 신체 능력은 춤 실력에 많은 영향을 준다. 근육의 양과 신체 가동성의 범위가 춤 동작에 영향을 미치기도 한다. 그래서 매일 시간을 내서 운동을 하려고 한다. 스트레칭은 기본이고 코어, 팔, 다리 근육을 단련하기 위한 근력 운동도 열심히 한다.

운동이 습관이 되기 전을 생각해 보면, 늘 운동에 목적이 있었다. 대부분 다이어트가 목적이었다. 잠시 장거리 육상 선수로 뛴 적도 있었는데, 그때 운동의 목적은 훈련이었다. 건강 혹은 재미를 위해 운동하는 날이 드물었다.

초등학생이었을 때는 남자아이들과 함께 축구를 하기도 했고 중학교에 들어가서는 농구를 하기도 했다. 구기 종목에 취약했던 나는 공에 발이나 손을 대지 못했다. 그래도 즐거운 마음으로 공을 쫓아다녔다. 남동생이 잠시 중학교 야구부에 속해 있었을 때는 남동생과 자주 캐치볼을 했는데, 그때 조금 더 재미를 붙였다면 지금 구기 종목을 대하는 나의 자세가 달라졌을 것이라는 생각도 든다.

소그노의 예능 프로그램 「뉴토피아」를 통해 축구 경기를, 「신뉴토피아」를 통해 족구 경기를 할 기회가 생겼다. 촬영을 위한 운동이었지만 십여 년 만에 구기 종목을 해보니 즐거웠다. 하지만 이를 스포츠라고 칭할 수 없었다. '공 쫓아다니기 게임' 혹은 '공 날려버리기 게임'이라는 이름이 더 잘 어울렸다. 그럼에도 불구하고 축구와 족구는 재미있었다. 아마 조금 더 잘했으면 더 재미있었을 것이다.

캠핑장에서 족구를 하거나 학교 운동장을 빌려 축구를 하는 무리를 심심치 않게 볼 수 있다. 하지만 이를 보면서 나도 하고 싶다는 생각이 들지는 않았다. 하지만 이제 달라졌다. 친구들과 놀러 가면 어떤 음식을 먹고, 어떤 술을 마시고, 어떤 풍경을 볼지에 대해서만 고민했는데, 이제 논의할 내용이 하나 더 늘었다. 공터가 있다면 족구라도 한번 시도해 보고 싶다는 마음이 생긴 것이다.

오버 트레이닝이 아니라면 운동을 안 하는 것보다 운동을 하는 것이 낫다. 외적인 요소를 가꾸기보다 내적인 요소를 채우기 위한 운동을 권하고 싶다. 다이어트보다 건강이나 재미, 정신적인 해방 등을 위해서 말이다. 운동이 싫은 사람이 있다면, 아직 본인에게 맞는 운동을 못 찾은 것뿐이라고 생각한다. 이것저것 하다 보면 자신에게 맞는 운동을 발견할 수 있을지도 모른다. 좋은 운동을 하나 추천하자면, 춤이다. 춤은 유산소 운동과 무산소 운동이 어우러진 즐거운 운동이니 시도해 보시길!

너는 그냥 그렇게 살아

"너는 그냥 그렇게 생각 없이 계속 살아. 너처럼 생각 없이 사는 사람들 되게 많아."

이 말을 듣자마자 얼굴이 붉어졌고 화가 났다. 줄곧 씩씩대며 집으로 돌아왔다. 친구를 위로하기 위해 나간 술자리였는데, 좋은 마음으로 나갔다가 봉변을 당한 느낌이었다.

하고 싶은 일을 하면서 살아야 할지 혹은 잘하는 일을 하면서 살아야 할지 고민하던 친구는 결국 잘하는 일을 하며 돈을 버는 길을 선택했다. 그 친구는 가끔 죽고 싶은 마음이 들었다고 했다. 나는 친구의 이야기를 이해하지 못했다. 죽고 싶을 만큼 힘들면, 하고 싶은 일을 하면 되는 것 아닌가…. 친구에게 위로의 말 대신 여러 가지 질문을 했다. 답변을 들을수록 더 혼란스러워졌다. 복잡한 마음을 애써 감추며 세 시간 정도 이야기를 나누었지만, 생각 없이 살라는 말만 들었다.

시간을 내서 고민을 들어주었더니, 생각 없다는 소리를 듣게 될 줄 몰랐다. 자존심이 상할 뿐만 아니라 분하기까지 했다. 이내 친구가 왜 그렇게 이야기했는지 궁금해졌고, 혼자 생각에 잠겼다. 그 친구는 본인이 처한 상황에 관한 이야기를 계속했다. 자신의 상황이 어떤지, 자신이 지금 어떤 생각을 하는지, 자신은 왜 불행한지, 자신이 원하는 바는 무엇인지 등을 설명했다. 요약하자면, '자신이 어떤 사람인지 끊임없이 생각하며, 어떻게 살아야 할지 생각 중'이라는 내용이었다. 나는 이전까지 자신에 대해 아는 것이 왜 그토록 중요한지 이해하지 못했기 때문에 고민의 고민을 거듭하는 친구와 제대로 된 대화를 나눌 수 없었던 것이다.

친구의 말이 맞았다. 난 생각 없이 살았다. 그동안 내 자신을 제대로 들여다본 적이 없었다. 허휘수는 어떻게 생겨먹은 인간인지 생각하지 않은 채 마냥 심플하게 살았다. 싫으면 안 하고 좋으면 못 먹어도 고. 그야말로 내키는 대로 살았다. 친구의 말 한마디 때문에 내 자신을 스스로 파악해 보기 시작했다. 책도 읽고 일기도 썼다. 종이에 이름을 적고 마인드맵을 그리기도 했다. 나라는 인간에 대해 언제쯤 파악할 수 있을지 내심 기대하면서 나를 알아가고자 노력했다.

어머니는 나를 언제나 응원해 주셨다. 내가 상처를 받거나 좌절하고 있을 때마다 "천하의 허휘수가 하지 못할 일이 뭐가 있겠어!"라는 말로 용기를 북돋워 주셨다. '천하의 허휘수'는 나의 존재를 특별하게 만드는 말이었다. 어머니의 말을 철석같이 믿으며 천하의 허휘수로 살았는데, 사실 나는 초라한 존재였다. 나에 대해 알아갈수록, 나는 그리 비범하지 않고 뛰어나지 않으며 탁월하지 않다는 사실을 깨달았다. 남보다 조금 나은 부분이 있을 것이라는 믿음이 와르르 무너지는 순간이었다. 평범, 아니 평범하다는 말이 오히려 나의 존재보다 더 특별할지도 모른다는 생각이 들 만큼 위축되었다.

'아니, 내가 정말 이토록 별 볼 일 없다고…?'

시원하게 인정할 수가 없어 애써 외면하다가 마침내 인

정하게 되었다. 나는 특별한 사람이 아니었다. 뭐, 특별하지 않아도 어쩌겠는가. 그 모습도 나였다. 이를 인정하자 삶에 굉장한 변화가 찾아왔다. 이전까지 선택의 기준이 외부에 있었는데, 비로소 선택의 중심에 내가 있게 되었다. 더 당당해졌고, 드디어 세상에 바로 서 있는 듯했다.

비밀을 감추고 있을 때는 모든 사람의 눈이 나를 향하고 있는 것처럼 느껴져 불편해지기 마련이다. 상대의 미묘한 표정 변화에도 혹시 저의가 있는 것은 아닌지 불안해하며, 별 뜻 없이 건네는 물음에도 괜히 조마조마해진다. 나는 그동안 마치 비밀을 감추고 있는 사람처럼 살았다. 지긋지긋하게 남의 눈치를 보았던 것이다. 있는 그대로의 나를 인정한 다음부터는 남에게 꿀릴 일이 없어졌다. 스스로 그리 잘나지 않았다는 사실을 알고 있기 때문에, 누군가가 작정하고 상처를 주기 위해 안간힘을 써도 타격감이 '0'에 수렴할 수 있게 되었다.

'내가 나를 좀 아는데, 그 정도로 쓰레기는 아니지.'

반대로 칭찬을 들을 때는 겸손해졌다.

'아이고, 너무 감사하지만 제가 그 정도로 괜찮은 사람은 아니랍니다.'

4장

무럭무럭 자라는 사람이 되자

앙상블을 이루며

여성들과 일을 하고 있으면 자주 영화 「맘마 미아!Mamma Mia!」의 장면이 떠오르곤 한다. 도나의 방에서 시작한 노래 「댄싱 퀸Dancing Queen」이 섬 전체로 퍼져 나가는 장면.

You are the dancing queen.

나에게 「맘마 미아!」의 구성이나 스토리, 배우의 가창력은 그다지 중요하지 않다. 바로 이 장면 하나면 나의 인생 영화가 되기에 충분하다. 여성들이 앞치마를 벗고 주걱을 던지고 빨랫감을 휘저으며, 해안가로 달려가는 시퀀스를 생각하면 언제나 가슴이 벅차다. 몇 번이나 본 영화이지만 볼 때마다 눈가가 뜨거워진다. 저 사람들과 함께하고 싶다는 생각을 하며 몸을 들썩이기도 한다.

사업을 하고 사회적 기업가 육성 사업에 참여하게 되면서, 다양한 모습을 가진 다양한 나이대의 여성 대표님을 볼 수 있는 기회가 주어졌다. 이 육성 사업이 '여성 특화 사업' 부문이었기 때문에 가능한 일이었다. 그게 아니었다면, 여성 대표님이 아닌 남성 대표님을 만나게 되었을 것이라 예상한다.

나는 대표 중 아주 어린 편이었는데, 나를 비롯한 수많은 여성 대표가 모여 밤을 새며 사업을 준비하고 진심을 다해 자신의 기업 가치를 설명했다. 이 모습을 보면서 울컥하기도 했다. 마치 그리스의 작은 섬에서 함께 「댄싱 퀸」을 부르고 있는 것 같았다. 잘해보자고, 우리도 춤출 수 있다고, 우리의 인생을 살자고, 그렇게 말하는 것 같았다. 그때 나의 미래를 그려보았다. 이 여성들을 보면서 용기를 얻었다. 나도 이들처럼 열정 넘치게 살아가리라.

지금처럼 막무가내로 살 수 있는 날이 얼마 남지 않았다는 생각을 했다. 앞으로 딱 십 년만 더, 돈이 되지는 않지만 하고 싶은 일을 하면서 살겠다는 말을 자주 했다. 십 년 내에 내가 하는 일로 먹고살지 못하게 된다면, 고향으로 내려갈 마음도 있었다. 2018년에는 다이어리의 맨 앞 장에 '2028년 1월 1일까지 내가 만족할 만한 성과를 내지 못하면 고향으로 내려간다.'라고 썼었다. 만족할 만한 성과라니, 다시 보니 참 모호한 기준이었다. 하고 싶을 일을 계속 해나가고 싶은데 내가 버티지 못할까 봐 두려웠다. 애써 외면하고 있었지만 당시 나는 많이 불안했다.

'언제까지 이렇게 살 수 있을까, 나는 도대체 어떤 사람이 될까….'

이 불안함은 다른 여성 대표님을 보면서 사라졌다. 그 어떤 것에도 구애받지 않고 하고 싶을 일을 하면서 살아갈 것이라고 다짐했다.

Having the time of your life.

남자야? 여자야?

공중화장실에서 어르신에게 등짝을 맞은 적이 한두 번이 아니었다. 여자 화장실에 들어왔다는 이유 때문이었다. (나는 여자인데….) 길을 가다가 귀여운 아이와 눈이 마주치면 삼촌이 되는 일도 많았다. 옆에 있는 아이의 어머니가 "말 안 들으면 저기 저 삼촌이 '이놈' 한대."라고 말하기 때문이었다. (안녕하세요. 저기 저 삼촌, 허휘수입니다.)

쇼트커트를 한 후부터 삼촌, 오빠, 아저씨라는 호칭이 늘 따라다닌다. 내 성별이 궁금하지만 직접 물어보기에는 민망한지 넌지시 떠보는 사람들도 많다. "피부가 너무 좋은 오빠네. 꼭 여자 같다!"라는 유형의 질문을 받기도 한다.

처음 머리를 짧게 자르기로 결심한 이유는 '예쁘게 보여서'이다. 드라마 「커피프린스 1호점」의 고은찬 머리 스타일에 반해서 잘랐다. 고은찬은 귀까지 보이는 짧은 머리 스타일을 하고 있었는데, 나는 별 고민을 하지 않고 고은찬처럼 쇼트커트를 했다. 예쁘게 보이고 싶어서 잘랐는데, 이 스타일이 성별을 궁금하게 만드는 요인이 될 것이라고는 꿈에도 상상하지 못했다.

잘록한 허리보다 초콜릿 복근이 갖고 싶었고, 나풀거리는 원피스보다 스리피스 정장을 입고 싶었다. 남다른 취향 때문에 특이한 취급을 받는 것은 일상이 되었다. 소풍이나 수학여행을 가기 전에 신나는 마음으로 옷을 사러 지하상가로 가면, 점원의 말에 상처를 받기도 했다. 남성 의류 매장에 머뭇거리며 들어가면 점원은 나를 위아래로 훑어보고 "여기 남자 매장인데, 남자죠?"라고 물었다. 남자냐고 묻는 질문에 상처를 받은 것이 아니다. 이상하다는 듯 쳐다보는 눈빛으로 인해 상처를 받았다.

유튜버로 살다 보니, 사람들은 나를 '탈코 유튜버'라고 불렀다. 문득 궁금했다.

'나는 원래 이런 사람이었는데, 내가 탈코를 한 것일까?'

사람들은 내가 남자처럼 보여서 이상하다고 말하더니, 어느 날부터는 내가 탈코르셋을 한 것이라고 말했다. 어리둥절할 수밖에 없었다. 사회가 부여한 여성성을 거부하는 것이 탈코르셋 운동의 핵심이라면, 내가 어떠한 신념 때문에 의도적으로 사회적 여성성을 거부했다고 하기에는 조금 애매했다. 오히려 치마와 긴 머리, 풀 메이크업은 그저 나의 취향이 아니었다고 말하는 것이 더 정확했다. 사람들이 내 겉모습만 보고 속고 있다는 생각까지 들었다.

외모 때문에 따가운 시선을 받고 차별적인 발언을 듣는 데 익숙해져 있는 나를 발견했다. 나도 나 자신을 여성이지만 남성 같은 사람 혹은 일반적이지 않은 사람으로 분류하고 있었다. 오랜 시간 동안 사람들은 여성스럽지 못한 나의 행동과 외모를 문제 삼았고, 나조차도 나를 문제가 있는 사람이라고 여겼다. 이것이 문제가 되지 않는다는 사실을 깨닫기까지 오래 걸렸다.

그동안 취향에 따라 머리를 짧게 자르고 남성복을 입었지만, 앞으로는 의지와 신념에 따라 사회적 여성성을 거부하기로 했다. 겉모습은 변하지 않았지만, 이 같은 결정을 한 후로는 탈코 유튜버라는 호칭이 어색하지 않았다. 아무도 속이고 있지 않았다.

아직도 무례하게 성별을 물어보는 사람을 만나게 된다. 그러면 "맞혀보세요."라고 유쾌하게 대처한다. 상품이 걸린 퀴즈도 아닌데 적극적으로 성별 맞추기에 심취하는 사람도 있다. 어린아이가 물으면 기쁜 마음으로 "삼촌이 아니라 이모야."라고 대답해 준다. 화장실에서 불안한 눈동자와 눈이 마주치면 등짝을 맞기 전에 "어머님, 저는 여자입니다. 걱정하지 마세요."라고 말한다. 특히 공중화장실은 여성에게 불안한 장소이기 때문에 주저하지 않고 말한다. 예전에는 무응답으로 일관했지만, 이제는 모두에게 알려주고 싶다.

"세상에는 이렇게 머리가 짧고 슈트가 잘 어울리는 여자도 있답니다."

허휘수를 소개합니다

서점에 가면 자존감을 강조하며 자기 자신을 알아야 한다고 외치는 책이 많다. 다들 자신을 아는 것이 중요하다는 사실을 알고 있는 모양이다. (나만 몰랐다!)

한때 '욜로YOLO: You only live once'라는 말이 유행했다. 당시 대한민국 전체가 해외여행에 미쳐 있다고 해도 과언이 아니었는데, 대학생이 실제 해외여행을 떠나는 비율은 십 퍼센트가 되지 않는다는 기사를 읽고 놀랐다. SNS를 보면, 주위에 나 빼고는 다 외국에 있는 줄 알았는데 실상은 달랐던 것이다. 그때 보편적인 정서가 꼭 보편적인 현상은 아닐

수도 있다는 생각이 들었다. 나를 아는 것이 중요하다는 사실 역시 보편적인 정서로 분류될 수 있더라도 보편적인 현상으로 보기는 어려웠다.

사람들은 자신에 대해 잘 모르거나 혹은 잘 안다고 착각한다. 게다가 자신을 알아갈 때조차 남의 말을 듣는 데 익숙해져 있다. 인스타그램 피드를 보다 보면, 정사각형 안에 적혀 있는 짤막한 글을 쉽게 발견할 수 있다. 이를테면 이런 것이다.

힘들다는 말을 할 힘도 없을 때가 있습니다. 너무 지쳤다는 증거입니다. 가끔은 쉬어가도 괜찮습니다. 오늘은 따뜻한 차 한 잔, 어떠세요?

인스타그램 피드를 아래로 내리면 상반된 글이 나온다.

상처가 두려워 모든 것에 거리를 두면 성장할 수 없습니다. 부딪혀야 더 나은 사람이 될 수 있습니다. 앞으로 더 나아가세요.

뭐, 둘 다 틀린 말은 아니다. 힘든 상황에 처해 있는 사람은 전자의 글에 공감할 것이고, 변화의 의지가 있는 사람은 후자의 글이 가슴에 와닿을 것이다.

인스타그램 게시물뿐만 강연이나 책, 영화, 유튜브 콘텐츠 등 타인의 관점이 투영된 이야기로 자신을 판단하거나 자신의 삶의 방향을 정하는 것을 권유하고 싶지는 않다. 물론 타인의 이야기는 견문을 넓히는 데 도움이 될 수 있으나, 자신의 기준이 되어서는 안 된다고 생각한다.

나는 한때 스스로 아주 이타적인 사람이라고 착각하며 살았다. 인권 변호사가 되고 싶었는데, 대단한 포부가 있었던 것은 아니고 그냥 멋지게 보였기 때문이다. (자신의 삶을 희생하고 남을 위한 일을 해내다니!) 의료 봉사를 하는 의사가 되고 싶기도 했는데, 이 역시 뚜렷한 목적이 있었던 것은 아니다. (사회적 신념을 가지고 있을 뿐만 아니라 무려 '사' 자가 들어간 명예로운 직업이라니!) 그러나 이제 이 같은 꿈을 꾸지 않는다. 나는 나를 위해 살고 싶은 사람이라는 사실을 깨달았기 때문이다.

내가 하는 일이 결국 남을 돕는 일이라고 하더라도, 그건 아마 나를 위한 일일 것이다. 그렇지 않으면 일을 지속할 수 있는 힘이 생기지 않는다. 나의 정체를 알았으니, 나와 잘 살아가는 법을 터득해야 한다. 남의 기분을 맞추며 살아가는 것처럼 기꺼이 내 기분도 맞추기로 했다. 내 속은 나만 알 수 있기 때문에 시도 때도 없이 보살피기로 했다.

자기소개를 해보자면, 나는 조금 지랄맞은 성격이다. 일을 할 때 특히 예민하고 스트레스를 받으면 밥이 잘 넘어가지 않는다. 남에게는 예의 바르고 배려심이 넘치면서 나 자신에게는 냉정하고 유독 박하다. 힘든 사람을 위로하는 데 소질이 있지만 지친 나 자신에게는 어영부영하다가는 뒤처질 뿐이라며 날이 선 충고만 해댄다. 감정 기복도 심한데 기분이 좋을 때나 우울할 때나 옷을 산다. 옷을 참 많이 산다. 씀씀이가 헤퍼 통장 잔고와 미래를 걱정하는 일이 잦다. 잘 웃는 편이지만 한번씩 울기도 한다. 왜 우는지 원인을 모를 때도 있다. 화를 내지 못하지만 화가 나면 얼굴에 다 드러난다. 늘 바쁘게 사는데, 몸이 아플 때라도 쉬어야 하지만 잘 쉬지도 않는다. 겉으로는 결단력이 있고 추진력도 있어 보이지만 속에는 수많은 생각이 뒤엉켜 있다…. 그렇다, 나는 단순하고도 복잡한 사람이다.

스스로를 관찰하다 보니, 문득 나는 나조차도 맞추기 어려운 사람이라는 생각이 들었다. 그럼에도 불구하고 나에 대해 알아갈수록 '뭐야? 나 이런 거 되게 좋아하네.' 혹은 '어? 이런 거 되게 싫어하네.' 등을 깨닫는 재미가 있다.

아직 나 자신에 대해 알지 못하는 부분도 많다. 앞으로도 나의 행동을 관찰하며, 그 행동의 원인을 찾는 과정을 통해 나에 대해 알아갈 것이다. 귀찮고 번거로운 일이지만, 나는 나와 잘 맞추며 살기로 했다. 나 스스로를 사랑하는 사람이 아니라, 나 스스로를 친구나 동료처럼 여기는 사람이고 싶다. 나라는 인간을 존중하기 때문에 의리로 나에게 맞추는 그런 사람!

교육의 중요성

역사는 알수록 흥미로운 분야이다. 역사 공부를 하면 현상의 근원을 알 수 있는데, 이 과정 자체가 즐겁다.

댄서로 살겠다고 결정한 이후에 가장 먼저 한 일도 춤의 역사와 장르의 변천을 알아보는 것이었다. 스트리트 댄스의 경우, 그 역사가 길지 않아 장르의 창시자가 살아 있고 스트리트 댄스가 막 생기기 시작했을 무렵 사람들이 선보인 퍼포먼스 영상도 찾아볼 수 있다.

이처럼 역사를 찾다 보면, 자극적인 가십을 알게 되기도 한다. 「신비한 TV 서프라이즈」에 나올 것만 같은 역사의 뒷이야기는 언제나 흥미진진하다. 야사를 읽는 것은 정사를 찾아보는 것으로 이어진다.

역사를 살펴보면 모든 것이 발전해 왔다는 사실을 깨닫게 된다. 법이나 정치, 과학 기술은 말할 것도 없고 인간성도 발전한다. 지금은 상상하기도 힘든 끔찍한 형벌이 조선시대에는 아무렇지 않게 행해졌다. 인간이 인간에게 가한 잔혹한 행위가 (인류의 긴 역사에 비해 짧은 기간이라고 볼 수 있는) 고작 몇백 년 전의 일이라는 사실이 놀라울 따름이다. 이러한 측면에서 인간성은 꽤 빠르게 발전을 이루었다고 생각한다.

한편 불과 백 년 전에 유색 인종 차별 정책이 있었고 정책이 폐지된 이후에도 인종 차별이 지속되고 있으며, 사우디아라비아에서는 '현대판 노예제'로 불리는 카팔라 체제가 아직까지 버젓이 시행되고 있다. 이러한 측면에서는 인권 신장이 너무 더디게 느껴지기도 한다. 하지만 중요한 점은 보편적인 인간성은 지속적으로 개선되고 있다는 사실이다.

과거 우리는 모두 동등한 인간이라는 개념을 갖추지 못

했기 때문에 사람을 계급화했다. 사람을 물건으로 취급해 사고팔며, 차별을 당연하게 여기는 노예 제도가 공공연하게 통용되었다. 인륜에 어긋나는 제도와 법은 무지함 때문에 존재할 수 있었다. 노예 제도가 사라지고 더 나아가 인권을 보장하기까지의 과정에 교육이 큰 역할을 했다.

한때 세상을 바꾸는 일은 정치의 영역이라고 믿었다. 당장 법을 바꾸고 제도를 만드는 일을 통해 좋은 사회와 더 나은 세상으로 나아갈 수 있다고 여겼다. 지금은 법과 제도보다 교육이 더 중요하다고 생각한다. 교육 제도를 바꾸는 것이 정치이긴 하지만, 장기적인 관점에서 세상을 바꾸는 것은 교육일 것이다.

N번방 사건을 성교육 제도가 부재되어 있는 교육 시스템의 실패 사례로 보는 의견에 동의한다. 올바른 성교육을 제공하지 않은 탓에 끔찍한 괴물이 대량 생산되었다. 나 역시 학창 시절 제대로 된 성교육을 받지 못했다. 처음 성관계에 대한 인식을 하게 된 계기도 성 착취 동영상이었다. 중학생 때였는데, 같은 반 친구들이 장난스럽게 교실 내 스크린에 성 착취 동영상을 띄운 것이다. 성인이 되어서도 그 장면은 일종의 트라우마로 남아 있었다.

그나마 희미하게 기억나는 성교육은 낙태된 태아의 모습을 보여준 특별 활동 수업뿐이었다. 낙태는 무조건 나쁜 범죄로 가르쳤고 성관계에는 책임이 따른다고만 말했으며, 싫어요 혹은 안 돼요 따위의 말로 성폭력과 성추행 사건을 해결하라고 설명했다. 똑바로 배우지 못한 아이들은 왜곡된 성 관념을 가진 성인으로 자랐다.

얼마 전 지하철 성추행 사건을 목격했다. 더 정확하게 말하자면, 성추행 현장을 본 것은 아니고 성추행 이후의 현장을 본 것이다. 역사 안에서 이십 대로 보이는 여성과 중년 남성이 실랑이를 벌이고 있었다. 여성은 크게 분노하고 있었고 남성은 몸을 가누지 못할 정도로 취해 있었다. 남성이 지하철 안에서 여성의 둔부를 만졌고 이를 신고하기 위해 지하철에서 내린 상황이었다. 나도 상황을 목격한 후 경찰에 추가 신고를 했고, 경찰이 도착할 때까지 함께 기다렸다.

계속 섬뜩한 생각이 들었다. 몸도 제대로 가누지 못하는 데다 혀도 다 꼬여 무슨 말인지 못 알아들을 수준의 말만 하는 무의식 상태의 남성이 성추행을 저질렀다는 사실이 정말 끔찍했다. 중년 남성에게 여성의 엉덩이를 만지는 행위쯤은 아무 생각 없이 할 수 있는 일일까. 이 같은 무의식이 집단적으로 발현되면 N번방 사건이 발생하는 것은 아닌지 생각하다가 소름이 돋았다.

청소년을 위해서 또 계속 살아가야 할 우리를 위해서 제대로 된 성교육이 시급하다. 성을 상상하지 않고 똑바로 볼 수 있도록 만들어야 한다. 또 성적 호기심이라는 말로 무마되었던 잘못된 행동을 하루빨리 바로잡아야 한다. 여성을 향한 폭력적인 시선을 바꿔야 하며 왜곡되어 있는 정보를 반드시 바르게 정정해야 한다.

성 인지 감수성의 부재가 곧 사회성의 부재로 여겨지는 시대가 되었다. 성 인지 감수성이라는 단어가 많이 거론되고 있으며, 이는 분명 현시점에서 필요하다. 하지만 언젠가 성 인지 감수성이 보편적인 법칙이 되어 따로 언급하지 않아도 되는 날이 오길 바란다.

백 년이 지난 뒤에 N번방 사건이 어떻게 기록되어 있을지는 우리에게 달려 있다. 과거도 현재와 비슷하다는 사례로 남아 있을지 혹은 과거에만 행해진 반인륜적인 사례로 남아 있을지 결정하는 일은 우리의 몫일 것이다.

○ 무계획적이면서 계획적인

춤을 추기로 한 것, 이과를 선택한 것, 대학 전공을 나노물리학으로 정한 것, 춤을 계속 추기로 결정한 것, 댄스 스튜디오의 강사가 된 것, 강연을 주최하는 스타트업에 입사한 것, 소그노의 일원이 된 것, 대학원 전공을 프랑스문화매니지먼트로 정한 것, 법인 기업을 설립한 것…. 이 모든 것이 나의 인생에 영향을 끼쳤을 것이다.

중요한 선택을 해야 할 때 사람마다 기준이 있다. 내 기준은 '내가 하고 싶은 일인가'이다. 되짚어 보면 뚜렷한 계획을 가지고 선택한 일은 거의 없었다. 하지만 선택한 뒤에는 반드시 계획적으로 책임을 지는 연습을 해왔다. 하기로 했고, 하고 싶으니까 일단 했다.

강연에 가면 종종 "좋아하는 일을 하면서 살아야 할까요? 먹고살기 위한 일을 해야 할까요?"라는 질문을 받는다. 그러면 "정답은 없습니다. 책임질 수만 있다면 둘 중 어떤 선택을 해도 괜찮습니다."라고 대답한다.

언제나 최고의 선택을 하고 싶을 것이다. 그러나 수많은 경우의 수에서 최선의 선택을 골라내는 일이 쉬울 리 없다. 좋은 선택을 하는 것보다 제대로 책임지는 것이 더 중요하다고 생각한다. 내가 한 번도 잘못된 선택을 하지 않았다거나 책임의 무게가 전혀 무겁지 않다는 이야기를 하고 싶은 것은 아니다. 최소한 후회하지 않도록 부단히 노력해야 한다고 말하고 싶다.

과감하게 선택하다 보면 선택에 책임질 수 있는 맷집이 생긴다. 점점 현명한 선택을 할 수 있는 노하우가 생기기도 할 것이다. 또 고통을 참는 법도 알게 되고 심지어 고생을 피하는 법을 깨우치기도 한다. 무계획적으로 선택했다면, 계획적으로 책임지면 된다.

과연 내 운명은

현재를 충실하게 살고자 노력하는 사람이지만 한편으로는 운명론자인 나는, 새해가 되면 용하다고 소문이 난 점쟁이를 찾아간다. 미래가 궁금해서라기보다는 재미 삼아 사주를 보며, 올해 운은 어떤지 행여 나쁜 일은 없는지 듣는다. 특정한 종교는 없지만 모든 일은 하늘이 정해준 대로 흘러간다고 믿는 편이다. 내가 열심히 사는 것도 혹은 지금 힘든 것도, 다 정해진 일이 아닐까. 한 인간의 생에는 사람이 헤아릴 수 없는 요소가 분명 작용할 것이라고 생각한다. 일종의 공상이랄까.

길지 않은 인생을 살았지만, 최근 몇 년 동안 생각하지도 못했던 일들이 일어났다. 앞으로는 또 어떤 일이 벌어질지 궁금하다. 마치 흥미진진한 드라마의 다음 에피소드를 기다리는 것처럼 살고 있다.

아주 어릴 때부터 서른 살이 되기를 기다렸다. 그 시기가 도래해 있는 지금, 이제는 불혹의 나를 기다린다. 스물아홉 살의 삶은 지금의 내 삶보다 더 근사할 줄 알았다. 많은 것이 명확해질 것이라고 생각했다. 하지만 나이가 들수록 명확해지는 부분은 없고 오히려 더 흐릿해진다.

물론 사람은 쉽게 변하지 않는다. 아마 마흔 살이 되어서도 나는 내가 더 나이가 들면 어떤 사람이 되어 있을지 궁금해할 것이다. 겉으로는 단단하게 보여도 안으로는 많이 흔들리고 있을지도 모른다. 아마 하루하루 더 발전하고 있다고 믿으며, 지난날의 부족함을 반성하고 있으리라 생각된다. 불혹의 나는 지금의 나에게 이런 이야기를 하고 싶을 것이다.

안녕, 휘수야. 밥은 먹었니. 가장 먼저 하고 싶은 이야기가 있어. 밥을 좀 잘 챙겨 먹어라. 네가 안 먹은 탓에 지금 힘들어 죽겠다. 몸도 예전 같지 않고 체력도 많이 떨어졌어. 운동을 꾸준히 하는 것은 너무 좋지만 연료 없이 운동만 하면 몸이 마모된다. 마모된 몸을 수습하느라 돈을 많이 쓰고 있다. 밥을 챙겨 먹는 것이 돈 버는 일인 줄 알아라.

이십 대의 마지막을 보내고 있다는 사실이 신경 쓰여서 조급해 하는 것 다 안다. 괜히 마음 편하게 가지지 말고, 더 열심히 살아라. 너는 네가 생각하는 것보다 훨씬 더 열심히 살 수 있는 사람이야. 타고난 능력은 많지 않으니 늘 노력하면서 사는 것이 네 운명이라 여기고 부지런히 움직여라. 그리고 힘든 일이 있을 때는 하던 대로 해. 큰일이 일어나더라도 다 지나갈 것이고 어떻게든 해결하겠지만 지금 너에게는 이런 이야기가 들리지 않을 것이라는 사실을 다 안다. 그러니 그저 너 스스로를 아끼면서 충분히 힘들어하고 때가 되면 다시 일어나면 돼.

가족과 친구와 함께 보내는 시간은 소중하다는 사실을 잊지 말고. 잘하고 있다. 너무 걱정하지 마. 아, 삼성전자 주식은 지금 사두거라. 하루라도 빨리.

○

하루가 스물네 시간이라 다행이야

해야 할 일은 많은데 시간은 야속하게 계속 흐른다. 일을 수행하는 데 필요한 절대적인 시간이 부족한 상황에 부딪히면, 스물네 시간이 모자라다고 느낀다. 이때 내가 가진 것 중에 내놓을 수 있는 부분은 잠이다. 수면 시간을 줄이며 일을 하는 편이다. 수면 부족으로 인해 어지러울 때 속으로 되뇐다.

'하루가 마흔여덟 시간이었으면 좋겠다.'

다시 생각해 보면 아주 무서운 말이다. 나라는 인간은 일을 벌이는 것을 좋아하고, 게다가 맡은 일은 해내야 한다는 책임감이 지배하고 있다. 만약 지금보다 두 배의 시간이 더 주어진다면 나는 두 배만큼의 일을 더 하고 있을 것이다. 하루가 스물네 시간이라 다행이다.

나는 무슨 일이든지 열심히 하는 사람이고, 남들도 다 열심히 산다고 생각했다. 다만 내가 생각 없이 일을 많이 맡는다고만 생각했다. 지치거나 감당할 수 없는 상태에 이르지 않도록 일의 분량을 조율해야 했지만, 보통 닥치는 대로 일을 맡았다. 마땅히 담당할 사람이 없는 것 같으면 그냥 내가 했다. 그렇기 때문에 늘 해야 하는 일이 많았다. 일을 많이 할수록 처리하는 속도가 빨라졌고 노하우가 늘었다. 그래서 점점 더 많은 일을 하게 되었다.

가장 바쁜 날의 일과는 대개 다음과 같다. 아침에 일어나서 사무실로 출근을 한 다음 법인 기업의 업무를 처리하고 영상 편집을 하다 보면 저녁이 된다. 저녁에는 촬영을 진행하거나 춤 레슨을 한다. 이를 마치면 밤 열한 시 정도가 되는데 바로 잠을 잘 수 없다. 칵테일 바에 나가야 하는 날도 있고 회의가 있는 날도 있기 때문이다. 결국 새벽이 되어서야 귀가를 하게 된다. 다음 날도 비슷한 루틴이 반복된다.

코로나19로 인해 꼬인 일정 덕분에 일주일 내내 하루에 두 시간도 못 자게 된 주간도 있었다. 모두 감당하고는 있지만 종종 일이 과하다고 느껴지기도 한다. 하지만 이는 부질없는 후회에 지나지 않기 때문에 금방 털어버리고 다시 일을 한다.

내가 회사라고 가정한다면, 워라밸이 엉망인 회사일 것이다. 한편으로는 지금은 바쁘게 지내야 할 때라는 생각도 있다. 물 들어올 때 노를 저어야 나중에 물이 덜 들어와도 버틸 수 있다고 생각한다. 삼십 대 초중반은 평균적인 여성의 임금이 최고점인 시기라고 한다. 이 통계가 유효하다면 몇 년 남지 않았다. 최고점을 더 높게 찍고 천천히 내려와야 된다는 생각에 몸과 마음이 바쁘다. 안정적인 수입은 사업가이자 프리랜서인 나에게 앞으로도 주어지지 않을 가능성이 높다. 일인 가정의 가장으로서 내 가정을 지키기 위해서는 돈을 많이 벌어야 한다. 물론 일의 양이 당장의 수익과 비례하는 것은 아니지만, 전문성과 내공을 키운다는 생각으로 열심히 하고 있다.

무슨 일이든 미쳐야 한다고 말하는 '노오력의 시대'를 지나 여유를 가지고 휴식하는 데 시간을 보내야 한다고 말하는 '마음 챙김의 시대'가 왔다. 일의 효율성은 물론 정신적인 건강을 위해 반드시 휴식을 취해야 한다는 의견에 동의한다. 한 사람이 꽤 괜찮은 삶을 살기 위해서는 생각, 마음, 신체의 건강이 삼위일체가 되어야 한다. 다만 성실이 덕목이고 근면이 장점인 대한민국 사회에서 자란 나로서는 마음도 챙겨야 하고 휴식도 취해야 한다는 말이 짐처럼 느껴지기도 한다. 일하기도 바빠 죽겠는데, 이런 것까지 챙겨야 한다니…. 사회가 바라는 것이 너무 많다는 불만을 잠시 가졌지만, 힘겨운 와중에도 잘 살아보자는 희망의 메시지라고 결론을 지으며 이내 불만을 거두었다.

하루 중 예닐곱 시간은 수면에 써야 하고 하루 세 끼를 꼬박꼬박 먹어야 하며 가끔은 쉬어야 한다. 또 마음도 챙겨야 하지만 일의 효율성을 최대한으로 끌어올리는 역량도 잊어서는 안 된다. 하루가 스물네 시간이라서 얼마나 다행인가. 마흔여덟 시간이었다면 또 다른 삶의 필수 덕목이 추가되었을지도 모른다.

○ 새로운 마감 경험

출판사와 출간 계약을 맺게 되었다. 그간 부족했던 독서량을 채우는 일부터 시작했다. 평소에 잘 읽지 않던 시집이나 소설부터 즐겨 읽던 에세이까지 분야를 가리지 않고 다양한 책을 사서 읽었다. 왠지 책을 사면 다 읽지 않아도 그 내용이 내 것이 된 느낌이 들어, 책을 빌리는 것보다는 사는 것을 좋아한다.

오지 않을 것 같았던 원고 마감일이 점점 다가올 때쯤, 『마감 일기』라는 에세이의 제목이 눈에 들어왔다. 마감을 대하는 다양한 사람들의 태도와 생각이 담겨 있었다. 인생에서 원고를 마감하는 일을 처음 겪는 나였지만, 그들의 이야기에 공감할 수 있었다. 결론부터 말하자면, 나는 '마감일'을 못 맞추었다. 원고를 주기로 한 날짜에 편집자에게 어떻게 변명을 해야 할지 고민하고 있었다. 구몬 선생님에게 학습지를 잃어버렸다는 거짓말을 해야 할지 말지를 고민했던 이후, 이토록 열심히 변명을 생각해 본 적이 없었다. 결국 솔직하게 말했다.

"선생님, 그동안 잘 지내셨나요. 제가 최근에 『마감 일기』라는 작품을 읽었어요. 잘 몰랐는데, 몇몇 작가들도 마감 기한을 맞추기 힘들어하더라고요. 저라고 뭐, 별수 있겠습니까. 죄송합니다. 오늘은 못 드려요."

평소에 쓰던 글은 기획안과 제안서, 업무 메일이 전부였다. 아무도 볼 수 없는 일기 애플리케이션에 몇 번 개인적인 이야기를 적기도 했지만, 익숙하지 않은 작업이었다. 편집자에게 초고를 열 장 남짓 보냈을 때, '공식 문서'같다는 의견을 주었다. 책이 출간되면 누구나 볼 수 있으니까, 당연히 공식 문서 같을 수밖에 없는 것 아닌가…. 고민이 거듭되었다. 유려한 글이 적혀 있는 책만 읽다가 컴퓨터에 저장된 내 글을 보면 한숨이 절로 나왔다.

무엇이든지 하면 실력이 는다는 말이 있다. 글도 마찬가지였다. 더 이상 내 모습을 숨기고 포장하기 위해 애쓰지 않았다. 글솜씨가 늘었다기보다 멘탈이 좋아진 덕분이었다.

"아! 이런 글은 책에 쓸 만한 것이 아니야!"

글을 쓰고 지우길 반복했던 날을 지나, 보다 더 솔직하게 글을 쓰기로 했다.

"이런 책도 세상에 하나쯤 있는 것 아니겠어?"

비로소 공식 문서가 아닌 나의 이야기를 쓸 수 있게 되었다. 첫 문장을 쓰는 데까지 긴 시간이 걸렸다. 마침내 첫 문장을 쓰고 나서 잠시 휴식을 취하며 혼잣말을 했다.

"와, 살다 살다 이제는 책도 쓰네. 인생 참…."

인생의 불확실성을 즐기는 편이라고 자부했는데 출간하는 일까지는 미처 상상하지 못했다.

"개나 소나 에세이를 쓴다고 하지만 강아지나 송아지라도 되는 것은 보통 일이 아니더군요."

거절을 잘하게 되는 날이 올까

작가 어머니를 두면 품격 있는 잔소리를 듣는다.

"정신이라는 배를 띄우려면 물질이라는 물이 있어야 한다. 자유롭고 독립적인 정신을 가지려면 정신의 배를 띄우는 강물이 마르지 않도록 항상 주의를 기울여야 한다."

한 줄로 요약하면, 돈을 아껴 쓰라는 이야기이다.

어머니의 말씀을 받들어 돈을 물처럼 썼다. 돈 쓰는 일이 세상에서 제일 재미있다. 주변 사람에게 밥이나 술, 커피를 사주는 것도 좋아한다. 후배와 밥을 먹을 때는 꼭 내가 샀고 선배와 밥을 먹을 때도 한 번 얻어먹으면 한 번은 사야 한다는 강박이 있었다. 주는 만큼 받고 싶은 마음은 없지만 받은 만큼은 돌려주고 싶다. 지금도 돈을 내야 할 때 낼 줄 아는 것이 인간관계의 센스라고 생각하지만, 너무 시도 때도 없이 내는 버릇은 문제라고 생각한다.

돈 쓰기를 좋아하면서도 한편으로 돈을 경시했다. 돈은 순수하지 못한 영역이라고 정의했고 돈을 목적으로 일을 하는 것은 왠지 부끄러웠다. 특히 내가 좋아하는 일을 하는 데 있어서는 더욱 그랬다. 공연을 했으면 공연비를 받아야 하고 레슨을 했으면 레슨비를 받아야 한다. 또 영상을 만들면 이에 상응하는 대가를 받아야 한다. 나는 이토록 당연한 이야기를 꺼내지 못하는 사람이었다. 지인의 부탁으로 내가 지닌 재능이 사용될 때, 선뜻 돈을 달라고 요구하지 못했다. 돈을 받을 만한 주제가 되지 못한다는 생각에 먼저 돈을 준다는 제안도 거절하기 일쑤였다.

거절을 하지 못하면 나의 돈과 시간이 든다. 내 노력과 재능은 덤으로 쓰인다. 거절을 잘하지 못했던 이유는 다양하지만, 내가 원하는 것을 제대로 파악하지 못한 탓도 있었다. 이래도 괜찮고 저래도 나쁘지 않으니, 상대방이 원하는 대로 따른 것이다. 내키지 않았지만 인간관계를 고려해 거절하지 않은 제안도 많았고, 이는 결국 인간관계를 힘들게 만드는 원인으로 변질되기도 했다. '예스맨'은 나뿐만 아니라 모든 이들에게 해로웠다.

거절을 잘할 수 있는 방법이 필요했다. 물론 수락과 거절의 기준은 나에게서 비롯되어야 했다. 제안이나 부탁이 나에게 어떤 의미로 작용될 수 있는지 생각하는 것이 우선이었다. 그다음 이로 인해 얻을 수 있는 것과 잃을 수 있는 것을 분명히 나누고, 이를 기반으로 수락과 거절 중에 선택하기로 했다.

최근 새로운 프로젝트를 제안받았는데, 이를 거절했다. 프로젝트의 담당자는 구체적인 기획안을 보내주었고 나에게 제안하게 된 이유에 대해 상세하게 설명을 해주었다. 예전의 나였다면, 진심을 다해 이야기하는 상대방을 배려해 묻지도 따지지 않고 제안을 수락했을 가능성이 컸다. 무척 준비가 잘된 제안이었다. 당시 나는 진행 중인 프로젝트로 인해 잠을 줄여가며 일을 하고 있었기 때문에 더 이상 일을 맡을 수 없는 상황이었다.

하지만 선뜻 거절의 말이 나오지 않았고, 생각할 시간을 조금 더 달라는 말로 결정을 보류했다. 며칠 동안 거절 문자를 쓰고 고치기를 반복하다가 결국 다음과 같이 거절의 의사를 밝혔다.

안녕하세요. 먼저 저에게 진심을 다해 이야기를 해주셔서 정말 감사합니다. 제가 그 정도의 마음을 받을 만큼 열심히 임했는지 돌아보았습니다. 저도 선생님과 일하면서 많이 배웠고 감사했습니다.

선생님이 솔직하게 말씀해 주셨으니 저도 솔직하게 말씀드리겠습니다. (…) 근본적인 의문이 들었어요. '내가 이 프로젝트를 정말 할 수 있는 것인가?' 하고요. 이렇게 말하기 너무 민망하기도 합니다. 하지만 이미 저는 제가 컨트롤할 수 있는 이상의 일을 하고 있습니다. 법인 기업을 운영하고 있고, 유튜브 채널도 운영하고 있으며, 댄서로 활동하고 있을 뿐만 아니라 석사 논문을 쓰고 있기도 합니다. 이외에 다른 일들도 하고 있고요. 유난스럽다고 생각하실 수도 있지만, 부족한 제가 느끼기에는 이미 넘치는 일을 하고 있습니다.

(…) 제가 이 프로젝트를 담당하게 된다면 최선을 다할 것입니다. 하지만 지금은 그럴 수 없는 상황입니다. 이 상태에서 일을

또 맡으면 그 자체가 저에게 정신적 압박으로 다가올 것입니다. 저는 제가 최선을 다해 할 수 없는 일에 굉장히 큰 스트레스를 받는 편이에요. 그래서 정말 무거운 마음으로 제안을 거절하고자 합니다.

하루도 빠짐없이 고민하고 숙고해 내린 결정입니다. 긍정적인 답을 드리지 못해 마음이 무겁습니다. 함께하지 못해도 진심으로 응원하겠습니다. 부디 건강 조심하시기 바랍니다. 감사합니다.

최대한 자세하게 나의 감정과 현재 상황, 거절하는 이유 등을 밝히는 이 방법이 좋은 거절이라고 확신할 수는 없다. 여전히 거절하는 일이 힘든 내가 선택할 수 있는 최선이었다.

다행히 문자를 받은 담당자는 나를 이해한다는 내용의 답장을 보내왔다. 계속 일을 하다 보면 더 괜찮은 거절 방법을 깨우칠 것이라고 믿는다.

늘 힘주고 살 수는 없잖아

어깨와 골반에 만성 통증이 있다. 정형외과도 자주 찾지만 한때 한의원을 오래 다녔다. 초진을 받으러 가면 침 치료를 하기 전에 으레 한의사와 상담을 한다. 여러 한의원을 다녀본 경험상, 상담 시간에 듣는 말은 거의 정해져 있기 때문에 보통 별 기대 없이 임하게 된다. 사무실 근처에 있는 한의원에서 상담을 받은 날, 평소와 달리 울컥하고 울었다.

"뭐가 그렇게 힘들어요? 왜 이렇게 항상 긴장을 하고 있는 거예요? 몸 전체가 굳어 있어요. 그리고 화병도 좀 있는 것 같은데…."

한의사의 말이 위로가 되었는지 모르겠지만, 이유를 알 수 없는 눈물이 났다. 맥을 짚는 한의사의 손을 바라보며 계속 울었다.

환자가 우는 상황이 처음이 아닌 듯, 그 한의사는 눈물이 맺힌 내 눈을 보며 침착하게 진단을 해나갔다. 어깨와 골반의 문제가 아니라 몸 전체가 문제라고 했다. 손목과 발목, 가슴 쪽에 침을 맞았고 치료가 끝났다. 짐을 챙겨 나가는데 한의사가 말했다.

"장기의 근육까지 다 굳어 있어요. 소화가 안되고 생리통이 심한 원인도 이 때문일 수 있어요. 가끔 멍때리면서 가만히 있거나 명상을 해보시는 것이 도움이 될 겁니다."

한의원을 나오는 내내 눈물을 참으려고 노력했다. 당시 나는 힘들지 않았다. 평소처럼 일을 감당하고 있었을 뿐 특별한 일도 없었다. 하지만 이유 없이 눈물이 난 것은 아니라는 생각에, 돌아오는 주말에는 집에 있기로 했다.

가만히 혼자 있는 상황이나 아무 소리 없이 숨 쉬는 소리만 들리는 상태를 견디는 것이 힘들었다. 혼자 있을 때면 유튜브를 보거나 팟캐스트 혹은 음악이라도 들어야 했다.

말소리나 음악 소리가 들려야 마음이 편했다. 누워서 동영상을 보는 일이 유일한 취미였다. 쉬는 날이 생기면 밥도 거른 채 누워서 영화, 드라마, 유튜브 영상을 보며 하루를 보냈다.

갑자기 쉬기로 결정한 그날도 다르지 않았다. 보고 싶었던 영화를 두 편 보았고 드라마 「와이 우먼 킬Why Women Kill」을 정주행한 다음 새벽 다섯 시에 잠들었다. 몇 시간 뒤에 다시 집을 나서야 한다는 생각에 졸린 눈을 억지로 뜨면서 드라마를 끝까지 보았다. 결국 멍때리거나 명상을 하는 시간을 가지지 못하고 휴일이 지나갔다.

항상 할 일이 많은 상태로 살다 보니 일이 없는 상태가 불안하기까지 했다. 한창 많은 공연을 했을 때는 몇 개월 동안 준비한 댄스 공연을 마치고 나면 묵직한 공허함이 밀려왔다. 매일 연습을 하던 시간에 무엇을 해야 할지 몰라 하다가, 이 기분을 견디지 못하고 계속 새로운 공연을 준비했다.

이후 다양한 일을 하게 되었을 때도 비슷한 수순을 밟았다. 큰일이 끝나면 또 다른 일을 만들어야 한다는 조급함이 생겼다. 마치 매일 밸런스 보드(몸의 균형을 잘 잡을 수 있게 도와주는 넓은 판 모양의 기구) 위에 서 있는 사람 같았다. 조금이라도 긴장을 풀면 한쪽으로 기울어진다는 생각에 늘 힘을 주고 산 것이다.

평소에도 일과 생활이 잘 분리되지 않은 것이 문제였다. 나는 출근 시간과 퇴근 시간이 명확하지 않았다. 한 가지 일만 하는 것이 아니다 보니, 정시에 출근을 해서 정시에 퇴근을 하는 삶은 몽상에 가까웠다. 영상 기획 미팅을 하다가 옷을 제작하는 공장 사장님의 전화를 받아야 했고 춤 레슨을 하다가 문자로 클라이언트의 피드백을 받기도 했다. 일이 하나 끝났다고 해도 이는 퇴근을 했다고 볼 수 없었다.

사업을 운영하지만 동시에 프리랜서이기도 해서 공적인 영역과 사적인 영역의 경계가 모호했다. 많은 일을 처리하는 것이 어느 순간 당연해졌고 이에 대한 문제의식을 가지지도 못했다. 항상 긴장 상태에 있는 것 같다는 한의사의 말을 듣고 처음으로 내 일상을 돌아보게 되었다.

출근은 차치한다 하더라도 퇴근을 만들어야 했다. 저녁 여섯 시에 칼같이 퇴근하는 삶은 어차피 내 것이 아니었기에 나에게 맞는 퇴근 시간을 정해야 했다. 아니, '퇴근 시그널'을 만들기로 했다. 퇴근 시간을 정해도 못 지킬 것이 뻔했기 때문이다. 집에 들어와서 핸드폰을 충전기에 꽂는 행위를 나의 퇴근 시그널로 정했다. 충전기에 꽂은 핸드폰을 보더라도 업무적인 문자와 전화는 일절 확인하지 않기로 했다. 그제야 진정한 휴식을 취할 수 있게 되었다. 드디어 밸런스 보드에서 내려올 수 있게 된 것이다. 충전기에 핸드폰을 꽂은 순간부터 잠에 들 때까지는 오직 나를 위한 시간이라고 생각하니, 필요 이상으로 긴장하지 않아도 되었다.

아무 소리도 나지 않는 상황과 할 일이 없는 상태를 즐겨보려고 노력 중이다. 장기 근육은 몰라도 얼굴 근육의 긴장이 풀리고 있다. 퇴근 시그널을 정한 후 부작용은 출근하기가 싫다는 것이 유일하다….

○ 자, 선수 입장

강탈 혹은 절도 행위의 과정을 상세히 그린 케이퍼 무비를 자주 본다. 예를 들면 「오션스 8 Ocean's 8」이나 「도둑들」 같은 영화 말이다.

할리우드 영화이든 한국 영화이든 빠짐없이 등장하는 장면이 있다. 바로 CCTV를 보고 있는 해커의 행동 개시 명령이 떨어지는 신이다.

자, 선수 입장.

절도 선수들이 각자가 맡은 임무를 수행해 다이아몬드나 돈을 훔치고 약속된 장소에서 만나는 것이 케이퍼 무비의 정석이다.

내가 살아가는 삶 역시 이와 비슷하다고 느껴질 때가 있다. 우리에게 어떤 임무가 주어졌고, 이를 달성하기 위해 내가 맡은 일을 하며 살아가고 있다고 느껴지는 것이다. 즉 각자의 위치에서 본인의 삶을 잘 꾸려가는 일이 모이면, 결국 우리가 바라는 세상을 얻을 수 있을 것이라고 생각한다.

한때 내가 여성 인권 운동가라고 생각했다. 아니, 더 솔직히 말하면 사람들이 나를 여성 인권 운동가로 본다면 그에 맞게 행동해야 한다고 생각했다. 넓은 의미로 운동가일 수도 있지만, 자세히 따지고 보면 나는 운동가는 아니다. 결과적으로 여성을 위한 일이라고 할지언정, 그 일은 사실 나 자신을 위한 일이었고 내가 원했기 때문에 한 일이었다. 가부장제를 반대하고 여성으로서의 삶을 주체적으로 살겠다는 말은 나의 개인적인 다짐에 가깝다.

정말 많은 사람이 자신을 페미니스트라고 칭하는 놀라운 시대에 살고 있다. 그중에는 조금씩 바뀌고 있는 변화에 효용성을 느끼는 사람도 있고, 더딘 변화를 지적하며 아직 팽배해 있는 여성 혐오의 시선에 무력감을 느끼는 사람도 있다. 아마 앞으로도 효용성과 무력감의 사이를 계속 오가야 할 것이다. 감히 예상하건대 향후 몇십 년 내에 끝나지 않을 논쟁이다. 함께 분노하고 위로하며 미래를 도모하는 시간이 필요할 것이다. 하지만 자신의 영역에서 페미니스트로서 잘 살아내는 시간도 중요하다. 매일매일 맞서 싸우는 데에만 에너지를 소비하지 않아야 한다. 대의를 위해 개인을 희생하는 형태는 장기적인 관점에서 긍정적인 영향을 미치지 못할 것이기 때문이다.

나의 삶을 추구한 다음에 사회적 목적을 추구할 수 있다. 여성들이 스스로 자신을 챙기기 바란다. 각자의 자리에서 맡은 일을 해내는 것, 이는 결국 우리 모두를 위한 길로 이어질 것이다. 마지막으로 하고 싶은 말이 있다.

"여성분들, 하시는 일 모두 잘되시길 바랍니다."

에필로그

좋은 시간이었기를 바라며

지금은 택시 안이다. 택시에서 쓴 에필로그는 아마도 흔치 않을 것이다. 나는 웬만한 원룸 월세만큼의 돈을 매달 택시비로 쓰고 있다. 택시를 즐겨 타는 이유는 이동 시간에 다른 무언가를 할 수 있다는 장점 때문이다. 기사님에게 양해를 구하고 뒷좌석에서 모자란 잠을 자기도 하고 영상 편집도 하고 온라인 미팅도 하는데, 지금은 글까지 쓰고 있다.

여러 가지 일을 하고 있다 보니, 시간을 적절하게 사용하는 것이 무엇보다 중요해진 탓이다. 어릴 때는 '시간을 낸다'는 말이 이해가 되지 않았는데, 이제는 시간을 내는 것이 곧 마음을 표현하는 것이라는 사실을 알게 되었다. 마음이 있으면 없는 시간도 만들게 되는 법이다.

이 책을 쓰는 내내 시간을 만들어 집, 사무실, 카페 등 장소를 가리지 않고 글을 썼다. 가족과 함께 여행을 가서도 글을 쓰는 나를 보며 어머니는 "내가 너처럼 글 쓰면 책을 열 권도 썼겠다!"라고 말씀하셨다. 전업 작가인 어머니의 눈에는 글을 대하는 나의 태도가 가볍게 보였을 것이다. 그러나 글을 소중히 대하는 내 나름의 방법이었다. 시간이 없어도 어떻게든 글을 써내겠다는 의지라고도 볼 수 있다.

그저 자신의 일기를 묶어놓은 이야기라며, 겸손하게 자신의 에세이를 소개하는 작가도 있다. 하지만 『당연한 것을 당연하지 않게』를 '나의 일기 모음집'이라고 하기에는 너무 열심히 썼다. 나는 일기를 이토록 공들여 써본 일이 단 한 번도 없다. 일기가 아니라면 무엇에 비유해야 할지 한참 고민했다. 도저히 마땅한 비유가 떠오르지 않아 포기했다. 이 책은 허휘수의 태도와 생각, 경험에 대해 쓴 글을 엮은 것이라고 할 수 있겠다.

글을 쓰는 시간 동안 독자를 상상하곤 했다. 어쩌다가

내 글을 읽게 된 건지, 또 읽을 때 어떤 생각이 들었는지 궁금했다. 아직 책이 출간되지도 않았는데도, 누구라도 붙잡고 물어보고 싶은 심정이었다. 내가 상상한 가장 이상적인 장면은 '미소를 머금고 책을 덮는 독자의 모습'이다. 내 시간이 중요하듯 독자의 시간도 중요할 것이다. 자신의 소중한 시간을 내어 읽는 만큼, 이 책이 독자에게 좋은 시간을 전할 수 있기를 바란다. 더불어 늘 온순한 마음을 가진 채 글을 쓰려고 노력했는데, 이 책에서 그 온기를 느낄 수 있기를 바란다. 좋은 책 혹은 대단한 책이라기보다 함께 시간을 보내기 좋은 책이라면 더할 나위 없겠다.

마지막으로 글을 쓰는 내내 옆을 지켜준 내 사람들에게 감사의 말을 전하고 싶다. 또 이 책을 읽고 있는 사람들에게도 감사의 말을 전하고 싶다.

고맙습니다.

당연한 ___ 것을
당연하지 ___ 않게

1판 1쇄 발행 2021년 3월 15일
1판 3쇄 발행 2021년 11월 30일

지은이 허휘수

발행인 양원석 **편집장** 차선화
디자인 강소정, 김미선 **영업마케팅** 양정길, 강효경, 이지원

펴낸 곳 ㈜알에이치코리아
주소 서울시 금천구 가산디지털2로 53, 20층(가산동, 한라시그마밸리)
편집문의 02-6443-8861 **도서문의** 02-6443-8800
홈페이지 http://rhk.co.kr
등록 2004년 1월 15일 제2-3726호

ISBN 978-89-255-8893-3 (03810)